ハヤカワ文庫JA
〈JA1483〉

歓喜の歌　博物館惑星Ⅲ

菅　浩江

早 川 書 房

8658

目次

歓喜の歌　博物館惑星Ⅲ

I

一寸の虫にも

　地球と月の重力均衡点の一つ、ラグランジュ3に浮かぶ博物館苑惑星〈美の女神(アフロディーテ)〉。小惑星帯(アステロイドベルト)から曳(ひ)いてきたオーストラリア大陸ほどの面積を持つ小惑星の上では、さまざまな分野の学芸員たちが既知宇宙のすべての美を蒐集(しゅうしゅう)研究しようとして、日夜奮闘していた。

　学芸員の一部は高度な外科手術によって脳をデータベースに直接接続されていて、焼物の曲線の具合や弦楽器の音色、樹々の葉のちょっとした香りの違いなどという、言葉では表しにくい曖昧な印象も検索にかけられる。〈絵画・工芸部門(アテナ)〉のデータベースの名は、〈喜び(エウプロシュネー)〉。〈音楽・舞台・文芸部門(ミューズ)〉には〈輝き(アグライア)〉が付き従い、〈動・植物部門(デメテル)〉には〈開花(タレイア)〉が寄り添っていた。

　時には担当争いをし、時には責任を押し付け合う、それら〈三美神たち(カリテス)〉の調停は、太陽神の名を戴く〈総合管轄部署（アポロン）〉の仕事だった。権限はもっとも強く、彼らのデータベース〈記憶の女神（ムネーモシュネー）〉はどの分野にも上位からアクセスできるのだが、内実は女神様たちの使い走りとも呼ばれ、苦労の多い部署だ。

八人乗りジェット機の一列前に座っている〈アポロン〉学芸員、田代孝弘（たしろたかひろ）は、後ろ姿からだけでも憔悴（しょうすい）しているのが見て取れた。〈アフロディーテ〉はＭＢ（マイクロブラックホール）方式でなんとか空気層を繋ぎ止めているので大気が少なく、ジェット機のような燃焼機関の使用は気象台に掛け合わなくてはならない。乗り込む前に一悶着あったに違いなかった。

とはいえ、今は〈権限を持った自警団（ＶＷＡ）〉として彼に何かしてやれるわけでもなかった。ジェットを使うほどの緊急事態だということを自分の肝に銘じておくくらいしか。

兵藤健（ひょうどうけん）は、何度目かの吐息をついて、膝の上で硬く両手を握り合わせた。

大丈夫、大丈夫。とっ捕まえるのは人間ではない。しかも自分が直接手を下すわけでもない。ただ、ＶＷＡが持つ便利な機械を現場（げんじょう）へ持っていくだけだ。簡単、簡単。

健は、一生懸命、自分に言い聞かせる。

先輩のタラブジャビーン・ハスバートルも一緒だし、何より権限Ａを持つ孝弘が同行してくれているから、きっと難なく解決だ。まあ、いつものオマケは付いているがそれは我慢するとしよう。

「あっ、〈鳥〉が一匹捕まえたようです」

一列前、孝弘の横に座っているオマケがぴりりとした声で報告した。

「〈デメテル〉空港近くの街灯に止まってたみたいです。やっぱりあんまり遠くには行ってないですね」

オマケこと、〈アポロン〉新人学芸員、尚美（なおみ）・シャハムは、Fモニター（フイルム）を広げて真面目に経過を見守っていた。〈デメテル〉が管轄する機械仕掛けの〈鳥〉たちは、普通、広大な森林地区をパトロールするのに使われる。今回のように小さな生き物を多数捕らえるには数が足りない。VWAが使う〈虫〉と呼ばれる羽虫型の機器は探索も捕獲もできるので、すでに〈デメテル〉支部のものが十五匹提供されていたが、それでも心許なかった。健とタラブジャビーンは、〈アフロディーテ〉中心街で自分たちが使っている非番の〈虫〉四十四匹を追加しに行くのだ。

尚美の横に座る孝弘が、彼女のFモニターを覗き込んだ。いつも穏やかな孝弘の表情には、珍しく緊張感が漂っている。

「あの虫は外殻の中で後翅を畳まないから、飛び立つのは速いけど速度はあまり出ないだろう。オリジナルのタマムシと同じように考えてもよさそうだ」

健の隣でタラブジャビーンも硬い声を遣った。

「普通のタマムシより大きいから目立ちますし、私どもの〈虫〉を投入したら、日暮れまでには二十七匹全部回収できるかもしれませんな」

逃げているのは遺伝子操作されたタマムシだった。生態系に入り込んでしまうと、繁殖や交雑がどのような影響を与えるか判らない。一刻も早く隔離する必要がある。

資料によると、通称ニジタマムシと呼ばれるその昆虫は、背中の鞘翅（しょうし）を装飾に使うため秘密裡に産み出されたという。ニジタマムシは学名すら与えられないまま、ブローチや指輪となって世に広まっていたのだ。

もともと、タマムシ、中でもヤマトタマムシの類いは金属光沢を放つ美しい緑の鞘翅を持っている。それはオパールの遊色効果と同じく構造色なので、死んでも輝きは変わらず、昔から工芸品に使われていた。新しく産み出されたニジタマムシはその名の通り虹色に輝き、サイズも通常の倍近い七センチほどもある。うまく養殖すればどんどん殖えるとのことだが、養殖場の経営者が黙秘を決め込んでいるので、詳細はまだ不明だ。

経営者の名はイシードロ・ミラージェス。三日前、地元スペインの某大学に「卵がうまく孵（かえ）らなくなってきたのはなんでなのか、調べちゃもらえませんかねえ」と、のこのこ問い合わせをし、無許可の遺伝子操作とあってあっさりお縄になった。

イシードロは当初、きょとんとしていたようだ。

「虫の品種改良が罪なんですか？　オレンジを大きくするのと、虫を大きくするのと、どこが違うんです？」

オレンジの改良は、種苗業者や生物学者が細心の注意を払っておこない、厳しい審査を経て商用許可されている。取り急ぎやってきた警官がそう告げると、イシードロはますますぽかんとした顔になった。

「じゃあ、イヌやネコの新種はどうなんですか。鼻ぺちゃのイヌや耳の垂れたネコ、あんなのもいちいち許可取ってるんですか？」

そこでようやく、ペットの品種改良は多くが単なる個性の掛け合わせで、古来からおこなわれており、地球環境における安全性がほぼ確立されているのだ、とイシードロは説明を受けた。自然界でも発生する確率があるかどうかが一つの目安なのだ。

その時イシードロは、罪か罪でないかの拠り所となる「遺伝子組換え生物等の使用等の規制による生物の多様性の確保に関する法律」つまり「カルタヘナ法」の存在も初めて知ったようで、すぐさま、要らないことを言わないよう黙秘権を行使して弁護士を呼んだ。

遺伝子操作に関する知識のなさや、無防備にも大学へ質問をしにやってきたことから、実際にニジタマムシを産み出したのは彼自身ではなく、専門知識を有するアンダーグラウンドの組織が彼に養殖と換金を任せていたのだろうと察せられる。イシードロが売上金をどこへ上納していたかは調査中だ。

彼らのニジタマムシ養殖場は商売上だけではなく空間的にも即時閉鎖。周囲はおろか上空にも遮蔽パネルが張り巡らせてあり、その中では、いまだに立ち入り調査が続いている。調査しているのが、警察だか保健所だか学者だか、そのすべてだか知らないが、そっちの役割じゃなくてよかった、と、健は心の底から感謝していた。多数の虫がうぞうぞと蠢(うごめ)いている場所へなど、絶対に行きたくはない。どんなに綺麗だろうと、虫は虫なのだ。脚が長くって、触角が細くって、突然自分のほうへ飛んできたりする存在だ。甲虫(こうちゅう)なのが不幸中の幸い。もしもこれから捕まえるヤツがチョウやガのような鱗翅目(りんしもく)だったら、仮病を使ってでもこのジェットには乗っていないだろう。

——健。

頭の中で、柔らかな男性の声がした。健に直接接続されている情動学習型データベース〈ダイク〉、本名〈正義の女神(ディケ)〉だ。人情を解するようにすべく名を男性読みして親しく教育している成果か、〈ダイク〉は気遣いの見える声音で言った。

——あなたの微表情や拍動パターンが、他の人の緊張とは違っています。こちらへの伝達レベルに満たない意識の気配からしても、あなたは虫が……。

——言うな！

健は鋭く〈ダイク〉を制した。

孝弘ですら身構えているほどの事態なのだから、健としては個人的なトラウマと向き合ってはいられない。ただひたすらに手を握り合わせて、自分はＶＷＡだ、虫なんか怖くない、と言い聞かせ続けるのが最善の策。

何も言わずに硬直している健に、前の席から尚美が不審そうな目を向けていた。

こいつだけには絶対に知られたくない、と健はいっそう手に力を入れる。弱みを握られた暁には、どんな罵倒語が飛んでくるか。

「タラブジャビーン」

孝弘が先輩を呼ぶ声で、健は嫌な思考のループから助けられた。

「容器の件、何か新情報はありますか」

「いや、故意か過失かはまだ判明しませんな。うっかりミスだと言い張られたら、確たる証拠があるわけじゃなし、それ以上は仕方ありません」

くだんの虫がなぜ逃げてしまったかというと、入れていた容器が壊れたからだった。ニジタマムシは、〈デメテル〉で詳細な調査をおこなうため、地球(した)から〈アフロディーテ〉に、検体として二十七匹のメスが送られてきていた。

映像によると容器は透明プラスチック製で、縦横が約五十センチ、高さが約三十五センチ。養殖場側が用意したものだ。強度検査はパスしていたのに、〈デメテル〉空港で貨物室を開けたら、中からニジタマムシが一斉に飛び立ち、容器はぐずぐずに崩れていた。どうやら、翅（はね）をむしったあとの死骸を埋める時に使う、生分解性プラスチックだったようだ。

タイミングよく〈アフロディーテ〉へ来てから分解したので、イシードロの仲間がわざとその容器を選んだのかもしれないと疑われている。ニジタマムシを詳細に調べられたら困るのか、もしくは単純に、こちらを混乱に陥れるつもりだったのか。この点もまだ調査中だ。

タラブジャビーンは続けて、おずおずと切り出した。

「それで、持ち込まれたニジタマムシは、ジェットを使ってうちの〈虫〉を届けなくちゃならないほど危険なんですか。ええと、そのう、環境的に」

孝弘は、身体ごとタラブジャビーンのほうへ向き直った。健から見える太陽神の横顔は、明らかに苦笑していた。

「判らないから急ぐんですよ。地球での簡易分析で、四倍体だとは判っていますが」

データベースに直接接続されていないタラブジャビーンがすまなそうに訊く。

「四倍体ってなんですか」

「人間は両親からの染色体を一本ずつ受け継ぐので、基本は二本一組で、体細胞は二倍体、です。四倍体はその倍、体細胞は四本一組なんですよ。農作物として改良されたコムギなどは倍数体が多いですね。実を大きくする常套手段です。マカロニコムギがヒトツブコムギの四倍体。パンコムギは六倍体です」

タラブジャビーンは、はあ、と言いながら後ろ首を掻いた。

「参ったな。そんなものを普通に食べてるんですね、我々は。で、その四倍体とやらは、今回の安心材料になるんですか」

孝弘はほんのわずか、肩先を上げた。

「常識的には。四倍体と普通の二倍体のタマムシでは繁殖できません。子の世代が生まれても孫世代は発生しない。ところが」

孝弘の困りかたが度を増した。

「実は、ニジタマムシの場合、メスだけで殖える可能性が高いのです。検体がメスのみだったのは、養殖場にオスが見当たらなかったらしいので」

「メスだけでどうやって殖えるんですか」

「イシードロは黙秘を貫いていますが、養殖場では人工的に殖やしていた節があります。かつて、絹織物増産のために遺伝子操作して四倍体にした大きなカイコが熱心に研究された時代があったそうです。その時には、未受精卵を温熱処理してそのままメスカイコを発生させるのが可能だったとか。原始的な技術でクローニングをやっていた訳ですね。〈デメテル〉の担当者は、イシードロたちもそうやって比較的簡単にメスばかりを効率的に殖やしていたと考えています」

尚美が補足説明に乗り出した。

「その簡単っていうのが問題なんです。〈アフロディーテ〉にはいろんな環境があるでしょ。低重力エリアもあればツンドラ気候もある。もちろん、クローニングにお誂え向きの温風や温水もある。イナゴみたいに殖えないっていう保証はどこにもないんです」

——大丈夫ですか。

視界を覆い尽くすイナゴの大群を想像してしまった健を、〈ダイク〉が気遣う。

健は爪が食い込むほど手を握りしめながら、いちいち訊くな、と相棒に八つ当たりした。

「そりゃあ、ジェットも使いますわなあ」

タラブジャビーンは、ふうう、と、太い息を吐いて背もたれへ戻る。今度は尚美が身体を捩って後部座席に身を乗り出した。

「タラブジャビーンさんの危機感が、カミロにもあればいいのにと思います。あ、カミロ・クロポトフっていうのが〈デメテル〉の担当者なんですけど、それがとんでもない薄ぼんやりのアンポンタンで。たぶん殖えませんよ、って、そればっかり。一応、最悪の場合に備えて殺虫剤の開発も進めているみたいですけど、ニジタマムシだけに効いて他の生態系に影響がないという裏付けを取るのに手間取っているそうで」

孝弘は厳しい顔のままだった。

「さっき捕獲した一匹を、すでに遺伝子情報解析に回していますから、ピンポイントで効く殺虫剤はそんなに待たずに完成すると思います。ですが、できれば使用したくはない。効くことはすぐに判っても、影響がないという証(あかし)を立てるのは難しいのです。特に、狭い〈アフロディーテ〉の人工的な生態系は、それでなくても針で塔を築いているような微妙なバランスですから」

「まあ、一番確実な手立ては、一刻も早くニジタマムシを全頭捕獲してどこにも卵を産んでないことを確かめる、でしょうな」

「ええ。それまでは専門家たるカミロの、殖えない、という見解を信じておくしかないですね」

「機長です。あと五分で着陸します」

アナウンスが入った。

ああ、虫に近付いていくんだ……。

いや、大丈夫。楽な案件だってば。先輩たちもついてるし、実作業はこっちの〈虫〉たちがやってくれる。大丈夫、大丈夫。

尚美が、姿勢を直す前にチロンと嫌な視線を投げかけてきた。

降下を始めたジェットの中で、健はいつまでも手の力を抜けないでいる。


広大な動・植物苑を擁する〈デメテル〉は、〈アフロディーテ〉中心街のちょうど反対側、小惑星の裏側に位置する。

まだお昼前か、と健はうんざりした。向こうを夜の十時過ぎに出たのに、時差のせいで今は昼の十一時半前なのだ。仕事が終わろうとする時間から一気に昼日中へ変わると、一日損をした気分になってしまう。

しかもこれから虫の――。

勢いよく頭を振った。考えては駄目だ。自分は立派なVWAの一員なのだ。ジェット機を使うほどのバイオハザードを目の前にして、好きだの嫌いだのと言ってはいられない。

空港には、薄ぼんやりのアンポンタンと尚美に陰口を叩かれているベテランの〈デメテル〉学芸員が迎えに来てくれていた。

「えぇっと、〈デメテル〉のカミロ・クロポトフ、権限Bダッシュ、〈タレイア〉とは非直接接続です。主に昆虫系を扱っています。その、まあ、いつもは地味な分野なんですけど」

日灼(ひや)けした肌に顎鬚(あごひげ)を蓄えた熟年の学芸員は、気弱そうに笑って見せた。

〈デメテル〉庁舎へ向かう五人乗りのヴィークルの中で、彼は運転を自動に切り替えてから、

「まあ、大丈夫だと思いますよ。在来種と交雑しても孫世代は発生しないでしょうし……たぶん」

と、軽く言ってのけた。

「慌てることはない、と？」

孝弘が訊くと、カミロは、「たぶん」と煮え切らないセリフをリピートする。

「そうですねえ、〈鳥〉とこっちのVWAに所属する〈虫〉が頑張ってくれて、二十七匹中十一匹を捕獲したんで、割と大丈夫かな、と」

「あと十六匹も残ってるんでしょ。まったく大丈夫に聞こえませんが」

後部座席の尚美が冷たく言い放つと、カミロは肩をすくめた。

「うーん、さあ、どうでしょう」

いい歳をしているのに、彼は中途半端な物言いをする癖があるらしい。この手のヤツは尚美の癇(かん)に障るということを、健は経験上知っていた。

「雑種が一世代で終わるのは結構なことですが、問題なのはメスだけで繁殖可能かどうかのほうじゃないですか？　取り逃している十六匹がどこかで卵を産んでたら大変です」

「そうなんですよねえ……」

尚美が叫び出す前に、孝弘が話をそらせる努力を始める。

「タイムリミットは日暮れ、あと六時間ほどです。夜になってしまうとタマムシ科の虫は樹の割れ目や落ち葉の下に隠れてしまうから、それまでに見つけたい。タラブジャビーン、追加の〈虫〉の準備は」

「できています。今すぐ放ちますか」

「そうしよう」

タラブジャビーンはヴィークルの窓を開け、持参していたアルミケースの蓋も開けた。四十四匹もいると、さすがに羽音がする。金属の〈虫〉は透明な翅を勢いよく羽ばたかせて、車外へ拡散していった。

――〈ダイク〉。

――察知しました。

脳内で確認を取ってから、健は報告した。

「〈ダイク〉が〈虫〉の直接制御を始めました。活動中の〈虫〉も、〈守護神（ガーディアン・ゴッド）〉から引き取って、全頭が〈ダイク〉の指揮下に入ります」

「〈ダイク〉？」

カミロが鸚鵡返ししたので、健は、

「俺と直接接続されている、情動学習型データベースです。正式名〈ディケ〉。国際警察機構の〈ガーディアン・ゴッド〉よりこっちのほうが小回りが利くので」

と、説明した。

カミロはちょっと笑って得心した。

しかし、彼と入れ替わりに、尚美が不服な顔をする。

「やっと喋ったわね」

彼女からの厳しい視線が健に突き刺さった。

「あなた、ジェットの中からずっと変よ。いつもの健じゃない」

「え、ああ、いやあ、そんなことないよー、うん」

しまった。自分まで中途半端な物言いをしてしまった。

「誤魔化しても無駄。目が泳いでる。ひょっとしてあなた、虫……生きてるほうの虫、苦手なんじゃない？」

返事は、えっ、なのか、ぎゃっ、なのか自分でも判別が付かなかった。

目に見えてうろたえる健を、尚美は冷ややかに見上げてくる。

「やっぱりね」

「おい、本当か」タラブジャビーンが急（せ）き込んで訊く。「そんなことでこの案件が処理できるのか」

健はむっとして言い返した。

「できます。問題ありません。VWAとしてちゃんと働けます。〈虫〉の制御は、直接接続された俺が現地にいられる〈ダイク〉のほうが適任です」

「〈ガーディアン・ゴッド〉と直接接続している別のVWAに来てもらっても同じだろうが」

「今さら何を言ってるんですか。大丈夫ですってば。俺はここで立派にやってみせますよ」

胸を張って見せたが、尚美は強気な息を鼻から出した。

「頓馬（とんま）なことしでかして、足を引っ張らないでよ」

健は、ついうっかり、虫の脚が引っ張られてもげるところを連想してしまい、どうかこの粟立った肌を尚美が目に留めませんように、と祈った。

丘の上に建つ〈デメテル〉庁舎は、真昼の太陽に照らされていっそう白く見えた。

臨時の対策本部になっているのは、一番広いA会議室だ。五十名収容の真四角な部屋では十数枚もの映像が壁に映し出されていて、三名の学芸員と五名の事務方が数値や受信画像をチェックしていた。

その中には以前一緒に仕事をしたターニャ・スラニーの姿もあるが、今日はトレードマークのキャップも被らず、髪をポニーテールにして必死の形相だった。少なくともこの部屋の中にいる職員は、カミロとは違い、危機感を持って職務に当たっている。

カミロは、一番大きく投影されている捕獲状況地図の下で、深く頷いた。

「予想通りな感じだねえ。捕獲場所を時系列で見ると、ニジタマムシは空港から一番近い広葉樹林エリアへ移動していると……たぶん」

「ヤマトタマムシの性質を引き継いでいるとして、ケヤキやエノキの樹目当てですね」

〈ムネーモシュネー〉を介してヤマトタマムシの生態を予習していたらしい尚美が、背伸びをして地図を見上げる。

「ここには倒木はありますか」

カミロは、どこか満足げに彼女を見る。

「ある。広葉樹林エリアは散策用の小径を通してあるだけで、ほぼ自然のままを再現していますから。ヤマトタマムシは弱った樹や倒木に産卵する。まあ、なんというか、ご心配はお察ししますよ、うん」

——〈ダイク〉、判ってるな。尚美が示すエリアへ〈虫〉を重点的に飛ばせ。特にケヤキやエノキの樹はよく観察するように。

——了解しました。ニレ科の植物には特に注意します。

健自身は、ケヤキとかエノキとかがどんな姿形をしているのかをよく知らない。が、あちこちから簡単にデータを集められる賢い〈ダイク〉に任せておけばいい。

孝弘が、するりとカミロに近付いた。

「伐採用のマシンは、すぐに用意できますか？」

「ええ？　なんで伐採を」

「僕の調べでは、ヤマトタマムシは樹冠あたりの高いところを移動し、エノキなどを切ると匂いに引き寄せられる。高所の枝を少し切ってみて、積極的におびき寄せるのはどうでしょうか」

「確かにその性質はありますが……」カミロは顎鬚を撫でながら、自信なさげな様子だった。「私は植物専門ではないので、樹々を傷付けるという決断は……。それに、あちこちに許可が必要で」

孝弘は横にいる尚美が、いーっとした顔をしているのを見た。彼女が言いたいことは判っている。何を暢気(のんき)な、と腹を立てているのだ。

「許可は取りました。〈デメテル〉の植物専門、ロブ・ロンサール、権限Aダッシュ。彼は、現場での判断に任せると言ってくれています」

「ああ、そうなんですか。さすがは権限Aダッシュですね。というか、直接接続者同士だと話が早くていいなあ」

孝弘よりも一回りは年上だろうに、カミロはどこまでも気弱だった。

こらえきれなくなったのか、尚美が口を開いた。

「田代さん、私の提案は」

「ああ、それも実行しよう。今から〈デメテル〉の広報に連絡して、イベントを始めます。〈デメテル〉にいるお客さんに、ニジタマムシを見かけたら通報してもらうんです。見つけた人には記念品」

「なるほど、なるほど。そりゃあ、子供が喜びそうだ。いいなあ、直接接続者は気が利いて」

こういう対処法はカミロのほうから提案すべきだろ、と、健もだんだんイライラしてきた。

孝弘は笑みを崩さない。

「では、そういうことで。低いところにいても触らずに通報だけ、と念を押しておきましょう。〈鳥〉か〈虫〉に確認させて、ニジタマムシかどうか同定する手筈で」

——察知しました。通報があった場合には急行して確認、同定してこちらへ映像送信、という手順を〈虫〉に指令しました。

〈ダイク〉がきびきびと反応を返したのとは対照的に、カミロは、

「そうですね、そんなものですかねえ」

と、また鬚を撫でて、ゆるい口調。

健はあえて硬い声で、

「〈ダイク〉が了解しました。〈虫〉への指令、完了してます」

と、言ってみたが、カミロは目を丸くして、ほう、と感心の息を吐いただけだった。

——このアンポンタンは、どうしてキリキリとネジを巻かないの！

ついに尚美から愚痴の直接通信が入る。

——根っからのんびりした性格なんだろう。個性は認めないと。

——バイオハザードになるかもしれないこの事態でも？

「ああー、すごいですねえ。通報がもう四件入りましたよ」

カミロが、四つの点がまたたく地図を指さした。

──報告します。〈虫〉、現場へ向かい、捜索を始めています。

──よし。

孝弘はいつものように穏やかな顔をしている。けれど、語気は強かった。

「健、〈鳥〉の制御も〈ダイク〉に引き取ってくれ。〈鳥〉と〈虫〉で協力させるほうがいい」

「あ、はい」

返事をしながら、健は、孝弘も内心ではカミロの暢気さを危ぶんでいるのだと感じた。

ターニャたちはモニターを睨みながら、入ってくる情報と格闘している。

なのにカミロは、捕獲情報をさして気にするようでもなく、つまらなそうな顔で手元に視線を落としていた。

彼の手の中には、自販機で買ったコーヒーのカップ。ゆっくりと持ち上げたそれを吹き冷ましながら、カミロは単調な声音で言った。

「〈アフロディーテ〉の狭さも、生態系のもろさも、私は理解しているつもりですよ。たぶん……。ただ、交雑も大量発生も虫の世界ではままあることだし、四倍体もクローンもさして目新しくないんで……もっと面白い現象ならいいんですが」

尚美が、くわっと口を開いた。

「面白い、面白くない、の問題ですか？」

「そうですよ。単純なことです。殺虫剤、開発進んでるんでしょ。だったら何かあっても駆除すればいい。粛々と」

「その殺虫剤を極力使いたくないのだ、と、さっきから何度も言ってるんですけど」

へらりと笑いながら、カミロは唇をわずかに曲げる。

「私だって嫌ですよ。生態系への影響はもちろんのこと、これが〈アフロディーテ〉ではなく広い地球での出来事であったとしても、人間の手で作り出した種を、人間の手で絶滅させるなんて、傲慢すぎるからね」

カミロは、コーヒーを一口飲んだ。再び唇を開いた彼の声は、今までよりもわずかに硬かった。

「しかし、殺虫剤を使わなければならないのなら、使う。その時は、我々は傲慢なのだという逃れられないレッテルを、自分でしっかり貼り付けてね」

尚美は言い返さなかった。孝弘もタラブジャビーンも、黙って聞いていた。

健は〈ダイク〉に、質問はしないでくれ、と伝えた。

人間が作り出す種。例えば、自然界にはないほどに上等な肉質、自然界では望めないほどに収穫の多い作物。生命維持に必要な食べ物だけではない。人間の楽しみのために、今こうしている間も、新しい特徴を持ったペットや綺麗な花が、遺伝子を切り貼りする糊や鋏で創り上げられている。どのような質問であれ、健にはそれらについて〈ダイク〉に説明してやることは難しかった。

人間が掌(てのひら)の上で転がしている生物の命について語ると、いずれは、人間に感情を持たされた機械の存在に言及しなければならなくなるのだから、なおさら。

〈アフロディーテ〉に棲息する人類にとっての悪い知らせは、午後四時二十八分に入った。この時点での捕獲数、二十一匹。あと六匹だけ、というみんなの気分を打ち砕くようなタイミングだった。

スペインの養殖場で調べていた検体が、シャーレの中で卵を産んだのだった。本来は養殖場に準備されている倒木に産むはずだったろうが、我慢しきれなかったようだ。これは、広葉樹がないエリアでも産卵してしまう可能性を示唆している。ただ、これだけでは最低のニュースではない。たとえ孵化(ふか)しても食樹がなければ死んでしまうだろうから。

最低最悪なのは、加速型進化分子工学技術(タイムマシン・バイオテック)で急遽(きゅうきょ)孵化させた卵のうち半数はオスだった、という事実のほう。オスとメスが揃うとどうなるかは、自明の理というものだ。

「メスしかいないはずだったでしょうに」

タラブジャビーンが誰へともなく非難を口にする。

「うーん。あえてメスしか殖やさなかった、のではないでしょうかねえ。四倍体カイコのように熱処理で未受精卵を発生させると、メスしか……でも自然界ではオスも生まれる……いや、でも……」

それまでのんびりと椅子に座っていたカミロが、ゆっくりと立ち上がった。

「シャーレか。シャーレは環境悪化にあたるから、もしかしたら……うん、うんうん、いいぞ」

鬚を揉むカミロの声が、次第に大きくなっていく。

「よし、これは面白い！　殺虫剤は使わない、使わせないぞ。絶対にだ！」

さっきまで、傲慢のレッテルを貼り付けてでも事が起こったら使うと言っていたのに。

健はカミロの豹変ぶりが信じられなかった。

「ニジタマムシの遺伝子解析、やってますね？」

バッと鋭く振り向かれた孝弘は一瞬身構えた。

「解析中です。マップ解明にはまだ数時間かかるそうですが」

「アリ……、シロアリ、ゴキブリ……いや、目が違うな、キクイムシ、そう、キクイムシ由来の部分がないか、調べるよう伝えてください。参考にするゲノム領域や座標は――」

言いながら、手近なデスクの端末を操作する。指の動きは、逃げるクモのように敏捷だった。

「送りました。ああ、直接接続者だったらこんな作業をせずにすむのに。説明を続けます。キクイムシはタマムシと同じ昆虫綱甲虫目――鞘翅目とも言いますが――で、単為生殖できる種類もいるんです。しかも、性染色体を持たない半倍数性の単為生殖。よし、近い、分類学的にも近いぞ。ハチやアリと同じ繁殖法をする虫が鞘翅目にいる！　繁殖能力が下がっていたのは、同質倍数体だったからか。なら何かのきっかけで異質倍数体になれば、アフリカツメガエルのように栄えるとか？」

それは半ば独り言のようだった。孝弘にもすべて理解できていたかどうか怪しいほどの専門知識。

「それは」

口を挟みかけた孝弘に、カミロはびしりと人差し指を突きつけた。

「タイムマシン・バイオテックがあるじゃないか！　使って。早く使って。次世代を見ないと。ここでも地球でもどっちでもいい。シャーレの中から生まれるやつらに生殖能力があるものと仮定して、その孫世代の受精卵は環境悪化に備えた保存用か？　怖い、怖いぞ、これは。面白い！　もしかしたら……」

残りはさらにスピードアップした学術用語の呟きにまぎれて聞き取ることができなかった。顎鬚はすでに揉みくちゃに乱れていた。興奮で顔を紅くした昆虫学者は、先ほどまでの暢気さが嘘のように、ぶつぶつ言いながら早足で周囲を歩き回りさえした。

尚美はこめかみを両手で揉みながら目を閉じている。〈ムネーモシュネー〉に詳細を探らせようとしているのだろうが、追いついていない様子だ。孝弘はこんなシチュエーションに慣れているらしく、小さく吐息をついてカミロが落ち着くのを待っている。

「こりゃあ、どういうことかって訊いても誰も答えてくれそうにないし、聞いても判りそうもないなあ」

呆れ顔のタラブジャビーンに、健は力なく頷き返すしかなかった。

陽が傾きはじめても、カミロはちっとも落ち着かなかった。どうやら彼の頭のネジは、ゆるんでいるか巻きすぎているかの二択しかないらしい。いったん興味を持ったらあたり構わず突っ走る学者タイプだ。

彼は猛烈な勢いであちこちに通信をし、金切り声で指示を出しまくった。

孵化したオスが半数体だと知ると、拳を天に突き上げて快哉を叫んだ。

「オスは半数体！　予想通りだ。面白くない結果だ。これから面白くなる！」

言っていることはめちゃくちゃで、独り言は聞き取り不能。それらの断片をなんとかつなぎ合わせると、ニジタマムシは遺伝子操作によって半倍数性性決定システムを持たされているのが興味深い、というような意味に受け取れた。

半倍数性性決定システムとは、性染色体を持たず、染色体の数によって性が決定する様式だ。アリやハチなどの膜翅目に見られ、減数分裂で染色体が半数になった未受精卵がオスになり、受精卵はメスになる。

受精の過程を踏んだほうの卵は耐久卵になれる。ミジンコの耐久卵が水を抜かれた田んぼでも翌年ちゃんと孵化できるように、環境変化に強い。温熱処理によって四倍体のメスばかり殖やされていた養殖場のニジタマムシは、整えられた環境からシャーレに移されたのをストレスと感じて、未受精のまま二倍体のオスを生じさせた。そのオスと交配して受精卵を作ることによって、孫世代を耐久卵にしようとしているのだ。

〈アフロディーテ〉で逃げ出した身体の大きな四倍体ニジタマムシは、メタリックな構造色の鞘翅とケヤキやニレを目指すという性質はタマムシのそれを十全に継承しつつ、繁殖は科どころか目さえ越えた形態を取る。昆虫学者としては、自分の顎から鬚をむしり取っていてもおかしくないほどの興奮なのだろう。

カミロが昂揚に紛れてとかく忘れがちな重大問題を、孝弘は根気強く何度も口にした。

「今は、全頭捕獲が最優先です。研究はあとからいくらでもできます。養殖場の外での繁殖方式が特異なのですから繁殖能力も並外れているかもしれませんし、世代が進んで耐久卵になってしまうと、殺虫剤を使う判断を下しても効果のほどが危ぶまれます。この瞬間にも、どこかで卵が産まれているかもしれないのです。イナゴやセミのような大量発生、新生物が在来生物を駆逐してしまうような環境破壊は、絶対に避けなければなりません」

午後五時五十分。もうすぐ日没を迎える。

あと二匹が、どうしても見つからなかった。

〈デメテル〉庁舎へ続く坂道の街灯に、柔らかい色の明かりが点いた。陽はもう落ちてしまっている。

控え室に指定された小部屋の中で、健は暗い窓の外を恨めしく眺めながらのろのろと装備を身につけていた。微生物汚染換算でBSL1の時に着用する薄手の防護服、光量と色味が調整できるライト、樹をほじくる道具一式、そしてできれば使いたくはない捕虫網。健は、ニジタマムシが顔を目がけて飛んできたらきっと悲鳴を上げてしまうだろうという確信があった。

これから、残る二匹のニジタマムシを探しに行かなければならない。

〈鳥〉も〈虫〉もさまざまな波長の探査法を駆使してまだ稼働してくれている。人間だけがのうのうとしているわけにはいかなかった。

「ちゃんと仕事はできるって言ってた割には、ずいぶんノロマに見えるんだけど？」

すっかり着替え終えた尚美が健を嘲笑う。

タラブジャビーンは、捕虫網に破れがないかを確かめながら援護してくれた。

「なに、こいつの面倒は俺が見るさ。人間誰だって苦手なものの一つや二つはあるもんだ。ところで、虫のどこが嫌いなんだい」

これは援護じゃない。タラブジャビーンもからかっているのだ。その証拠に、彼は珍しくニヤニヤした笑い方をしていた。余裕なのかこの状況に開き直ってしまっているのかは判らない。

健は観念して正直に告げた。

「すぐ壊れるところだよ。ちょっと捕まえようと思ったら、脚がもげたり翅が取れたり、腹から液が……うっ」

自分のセリフで吐きそうになった。

「とにかく、ひ弱でも生命(いのち)だってとこが嫌だ」

「なによ、じゃあ、殺してしまうかもしれない恐怖ってこと？　蚊も叩けないの？」

「そんなことない。即死ならいいんだ。目の前で苦しそうにされるのが見ちゃいられない」

「虫は痛いなんて感じちゃいないだろうがなあ」

そう口にしたタラブジャビーンを、健は思わず睨んでしまった。

「そんなの判んないよ。日本には『一寸の虫にも五分の魂』って言い回しがある。虫だって、人間が感知できないだけで、痛みを知ってるかもしれないだろ」

「せいぜいそのお優しい魂で、迷子の虫ちゃんを探してあげることね」

尚美は、ふん、と踵(きびす)を返して、早々と部屋を出て行こうとした。

「VWAを頼りにできないなんて、もう、ほんと、イライラしちゃう」

あれっ、と健は首を捻(ひね)った。尚美がいらだっていたのはカミロの優柔不断さだけではなく、俺が頼りなく見えたせいもあるのか？　ということは、俺のことを頼りにしたいとか……？

もう少し考えを巡らせたかったが、けれどその時、天井スピーカーから招集が掛かった。

「みんな、来てくれ。イシードロの弁護士から連絡が入ってる」

孝弘の声は、顔を見なくても困り方が判るほどに曇っていた。

A会議室の壁面には、大きく引き伸ばされた弁護士の姿が映し出されていた。いかにも隙のないスーツの上に、脂ぎってぶよぶよした顔が載っている。小太りの弁護士は、白いハンカチで額の汗を拭き拭き、分厚い唇を蠢かせた。

「取り引きという訳ではありません。これはイシードロ・ミラージェスの好意です。ただ、それに条件を付けさせてもらっているだけ」

条件が付いた時点でそれはもう好意ではない、と、健はその内容を知る前にカチンときてしまう。

「慎み深いミラージェス氏は、知らずとはいえ犯してしまった罪を償うつもりでいます。ただ、罰金にしろ拘置にしろを済ませて綺麗な身体になった暁には、今度は正当な手順で許可を取ってニジタマムシの養殖を続けたいとお考えです」

――健。

〈ダイク〉が呼びかけてきたので、お前の言いたいことは判ってるよ、と一瞬の思考で返した。

――信頼度の低さを共有できて何よりです。イシードロ・ミラージェスの身辺データは、今回の大幅な遺伝子操作が違法であると薄々感じていたことを示しています。

——引き続き探ってくれ。弁護士の周囲も。

——了解しました。

「ミラージェス氏は、まったくもってお優しい方なのです。ニジタマムシは、せっかく優れた資質を身に付けて生まれた命なのですから、ぜひとも生物としての系統を守ってやりたい。研究でこねくりまわされるのはともかく、害虫扱いされるのは可哀想、種の断絶なんぞもってのほか、と、涙にくれておられるのです。ああ、なんという親心」

もの言いたげに身体を揺すっているカミロの横から、孝弘がゆっくりと一歩前に出た。

「仮に〈アフロディーテ〉が養殖を継続できるように何らかの働きかけをするとして、そちらが提供してくださるのはいったい何でしょうか」

弁護士は、入念に汗を拭いてから、もったいぶって口を開く。

「そちらはもう陽が落ちてしまってるでしょうね。木の皮を一枚一枚剝いでニジタマムシを探すのは大変でしょう。ミラージェス氏は、かの虫の簡単な捕獲方法を提供できるとおっしゃっています」

「それは少し心が動きますね」

孝弘が頰笑んだので、弁護士は調子を上げた。

「そうでしょうとも。好意には好意を返すのが礼儀というものです。ではまず、保釈の請求をしますので、検察に取り計らいを。起訴を取り下げろとは言わないところが、我ながら奥ゆかしいと思いますよ」

孝弘も弁護士を真似て、長めの間を取ってから言う。

「そちらの好意が必ず効果を上げるという約束が先では？　何か証明となるものはお持ちですか」

「もちろん、用意しています」

ぶよぶよの顔がにんまりと笑った、その刹那。

ツクン、と〈ダイク〉の性急な報告が脳裏に突き刺さった。

イシードロは養殖場で、ニジタマムシの行動を制していた。広大な情報の海から、〈ダイク〉がその事実を拾い上げたのだった。

健は即座に孝弘への緊急回線を開く。

――やつらは虫をある程度操れるようです。〈ダイク〉の推測では、その方法はおそらく……。

残りは言葉になる前の情報の塊として伝えた。虫の動きをコントロールする手段なら……。さっき田代さんも言っていた……。伐採の……。だったら、交渉の手札は……。すべてを言語化しなくても、賢い〈ムネーモシュネー〉ならきっと正しく拾い上げてくれるはずだ。

画面の中の弁護士は、手元の紙片を持ち上げようとしていた。

「電子データよりも物理的に存在したほうが、取り引きの効果が、いや、ご納得いただけると思い、プリントアウトしてきました。この紙です。ここにニジタマムシをおびき寄せる――」

紙片がちらりと翻(ひるがえ)った。

「〈ダイク〉!」「〈ムネーモシュネー〉!」

健と孝弘が同時に声を上げた。

〈ダイク〉のほうが、ごく短い時間に垣間見えた情報の取得能力に長(た)けていた。

「察知しました。静止画像取得。不鮮明部分のインテリジェント修整完了。拡大投影します」

えっ、えっ、と、喉を詰まらせながら、弁護士が激しく目瞬(まばた)きをする。

しかし、A会議室の壁には、弁護士の姿を上回る大きさで、分子式の一部が映し出されてしまっていた。

カミロが人差し指を突き立てる。

「endo-(+)-ブレビコミン！　キクイムシ類の集合フェロモン！　だったら、酵素触媒不斉アセチル化反応で！」

大声で叫ぶと、カミロはそのままA会議室から走り出てしまう。

非接続者が、いきなり表示された分子構造の名をすんなりと言い当てるとは思えなかった。ネジを巻ききった後の間断ない連絡のうちのいくつかは、前もってニジタマムシのフェロモン物質を調べ上げる指示を出していたに違いない。

弁護士の額には、ぷつぷつと汗の粒が生じていた。

「いったい……」

「今の呪文を翻訳しましょうか」

対応する孝弘には、そら恐ろしさすら感じるほどの余裕。

「女神は小さな虫の魂をその膝元で愛でられる、です」

大慌てで合成されたフェロモン物質は、規定の安全基準を確認するのがやっとだったので、ニジタマムシだけではなく大量のタマムシやキクイムシ、なぜだかゾウムシまで呼び寄せてしまったらしい。

想像するのも嫌なので、昆虫採集の詳細は聞かない。

とにかく全頭捕獲の目的は達成できた。二十七匹の産卵管や卵巣を調べたところ、こっそり出産した個体はなかったようだ。

想像するのも嫌なので、検査の詳細は聞かない。

けれど、見てみろと言われた映像だけは見なくてはいけない。そう言ったのが孝弘だったからだ。

捕獲作戦から一週間後、〈アポロン〉庁舎の孝弘の私室に、健と尚美、それにタラブジャビーンが呼び集められていた。森林の映像が見えやすいよう、今日は三人共がカウチに座っている。大柄のタラブジャビーンが一緒だと、正直窮屈だ。

タラブジャビーンと健の間にちんまり座っている尚美が、澄まし顔で言った。

「大丈夫よ。映像の虫はもげたりつぶれたりしないから」

「うえっ」

「あっ、腕に鳥肌たってる。おもしろーい」

「ところで、この森はどこなんですか。見たことのない地形ですが」

タラブジャビーンが訊く。彼は各施設の見取り図が全部頭に入っているという。〈アフロディーテ〉の森の植生や山並みも把握ずみだろうに、見たことがないとはどういうことか。

「遠景はオリンポス山ですよ」

「そんなはずは。オリンポス山は観光名所ですし、私も何度か――」

反論しかけたタラブジャビーンが、小さく、あっ、と声を上げた。

「キプロス島のほうのオリンポス山ですか。じゃあグリーンラインの」

「そう、あっち側」

尚美が軽く鼻を鳴らす。

「新人にも判るように言っていただけると嬉しいです。地球の話じゃないですよね？〈アフロディーテ〉にキプロス島なんてありませんけど」

孝弘は「ごめん、ごめん」と謝ってから、〈デメテル〉の地図を表示し、遠く離れた海上の一点を指し示した。

「実はここに孤島があるんだ。面積およそ九千三百平方キロ。地球のキプロス共和国とほぼ同じで、日本にたとえると青森県より少し狭い」

そこは一般には知らされていない島だった。上空を飛ぶこともできない。なぜなら、そこに存在する生き物たちは、それぞれの棲息環境ごと完全に隔離されているからだ。〈テュレーノス・ビーチ〉の海中を不可視ガラスで仕切って水族館にしているように、区切られて風や温度まで誂えられた森や野原や川や荒れ地に、特別な存在が息づいている。

不可侵の領域にいるのは、〈アフロディーテ〉での研究のために隔離された生物、そして、ニジタマムシのように人間に生を授けられてしまった遺伝子操作生物だ。それらの多くは子孫を残す能力が欠けている。せめて寿命の尽きるまでは安楽に過ごさせてやりたいというのが女神の意向だった。

島には港が一つと、丸の中に十字を足した形の道路、研究者が使用するコテージの一群があるだけ。港や道路から生物環境地域に出入りする時には厳しい滅菌洗浄が課せられている。隔離された場所との境目はグリーンラインと呼ばれていた。地球のキプロス島がトルコ民族居住地との境に設けているのと同じ名前だ。

〈アフロディーテ〉のキプロス島は、その存在を知る者に際限のない問いを投げ掛ける。人間のためなら動物で実験していいのか。実験と興味本位を分けるのはどこか。天然の雑種と遺伝子操作生物の違いは。不妊のラバやレオポンは孤独を感じるのか。セイヨウタンポポに侵略の意志はあるのか。絶滅は避けるべきか諾々と受け入れるべきか。最後のピンタゾウガメ「ロンサム・ジョージ」は、保護されて幸せだったのか。果ては動物園なる存在の是非まで。そこでは、線引きしかねる目に見えないラインが夥しい区画となって立ち現れているのだ。

善意と干渉の境が判らなくなるキプロス島は、また、ギリシャ神話では女神アフロディーテの生誕地ともされていて、神話と寓話の間すら定かでなくなる――。

ネジをきりりと巻いたカミロの凄まじい通信攻勢の中には、キプロス島にニジタマムシの区画を作る準備も含まれていたようだ。

「カミロがそう考えていたと知って、嬉しかったよ。僕も以前から、キプロス島はもっと気にかけるべきだと思っていたからね。場所を地図に載せ、あそこに何がいるのかを広く知らせ、できればみんなに訪れてもらって、〈美の女神〉の素晴らしさを伝えたいと願っている」

「まあ、俺的にはいろいろあったけど、綺麗なコレクションが加わってよかったですよね」

何の気なしの受け答えをした健に向け、孝弘は厳しく否定する。

「いや。そういうことじゃない。そのもの自体の美しさよりももっと大きな〈美しさ〉を、女神は求めているんじゃないかな」

まったく判らなかった。もっと大きな美しさって何だろう。

助けを求めて、タラブジャビーンと尚美に視線ですがったが、二人とも釈然としない表情だった。

孝弘は、遠い目をしていた。

「我々には、傲慢というレッテルがもう貼り付いている。美を追究したいという欲望のままに、小惑星を移動させ、海や山や建物を造り、人間をはじめとする生物を住まわせているんだからね。〈アフロディーテ〉が、人によって恣意的に創られた場所であるのなら、そこには自然界に存在する以上の幸福がなければならないと思う。いわば〈アフロディーテ〉はどんな生物にとっても楽園であるべきだと、僕は希ってるんだ。キプロス島は隠してはいけない。あそこも含めて、ここは楽園だと言い切れるようにならなければ」

目元は穏やかなままだったが、孝弘の声には決意がこもっている。

健は、虫への嫌悪感で頭がいっぱいだった自分の器がどれほど小さいものだったかを痛感した。

「カミロも田代さんと同じような理想を持っていて、ニジタマムシに安息の地を与えようとしているんですか？」

訊くと、孝弘はすっと現実に戻ったような顔になって、ちらりと笑った。

「彼の場合は単なる学者魂じゃないかな。時間をかけて観察したいそうだよ。イシードロが嘆いていたように繁殖能力の低下が問題らしいけど、クローン的な増殖ではなくオスが母親ではないメスと交接すれば、回復する可能性もあるらしい。カミロは、ニジタマムシがもしかしたら社会性を得るかもしれないと言って興奮しっぱなしだ」

眉間にぎゅっと皺を入れた尚美が、

「虫の社会性って、アリやハチのような？」

と訊くと、孝弘は気弱に答えた。

「たぶん。これは彼からの受け売りだけれど、半倍数性単為生殖の生物には、『ハミルトンの四分の三仮説』というものが当てはまるそうだ。この伝でいけば、メスから生まれた姉妹の染色体は四分の三が同じもの。母親とより姉や妹とのほうが血が濃いわけだね。アリやハチのような真社会性生物が時に利他的な自己犠牲を払うのは、自分が死んでも自分と四分の三も同じ形質の姉妹が残るためだ、とする社会生物学の説なんだ。ニジタマムシが自然界で、クローニングではなく半倍数性単為生殖をしたら、果たして群れを築くのかどうか、真社会性生物の条件である不妊のワーカー職が発生するのかどうか——カミロはそれを見届けたいと言っている」

あんなに大きな輝く虫が規律正しく群れで行動するだなんて、健は想像したくもなかった。

「予測を裏付ける証拠は、すでにあるんだ」

孝弘は健の顔色を確認してから、おもむろに当初予定していた映像を再生し始めた。

緑の匂いが滲み出てきそうなほど葉の生い茂る広葉樹林。樹冠近くを飛び交うキラキラしたものが、時々コッンと方向を変えるのは、きっと不可視の檻(おり)にぶつかるせいだ。

「シャーレの中に産み付けられていたオスは、タイムマシン・バイオテックですでに成虫に育ててある。ちゃんと大きくなったのは三匹だけだったけどね。ほら、そこの幹に注目して」

　オスメスの区別はつかないが、幹にニジタマムシが二匹並んでとまっている。背中は虹の七色。木漏れ陽を受けてつやつやと輝いている。生きながらにしてすでにブローチめいていたので、健は身体の力を抜くことができた。

「なんか他のも集まってきた？」

　周囲には、二匹、三匹、とニジタマムシが寄ってきて、ペアの周りに神妙にとまる。

「うん？」

と、タラブジャビーンが自分の目をこすった。尚美もせわしく目瞬きをし、健は目を細めてみた。

「色が」

「脈動して見えるだろう。しかもホタルみたいに同期して」

　尚美は、敬愛する先輩におずおずと抗(あらが)った。

「タマムシの鞘翅は構造色です。イカみたいに色が変わるなんてあり得ません」

「でも、こうして変化しているのは事実だよ。タマムシの構造色は、キチン質の層構造が光を反射するからだ。カミロの仮説によると、キチン質を含むクチクラ層の厚みが変化しているせいではないかと。これもこれからの研究課題だね」

中央にカップルをいただき、周囲を丸く取り囲んだニジタマムシたち。木漏れ陽を受けて照る鞘翅が、全頭揃って色を変えていた。一斉に赤味を帯び、一斉に緑、一斉に黄色……。

「同期はどうなんです。そこに社会学を見取るのは理解できますが、そもそも同期するのはなんでなんですかね。リーダーが存在して右へ倣えだとしても、ウェーブぐらいにしか揃わないだろうに」

タラブジャビーンの質問に、孝弘は健の見慣れた困り顔で返した。

「結合振動子によるシンクロ現象……僕に聞かないでくれよ、受け売りなんだから。ざっと調べたところ、非線形科学の分野で、コンピュータの自律分散システムやディープラーニングにまで関係するらしいから、急いで撤退した。カミロの奮闘を祈るだけにする」

孝弘はそこでふふっと笑い、映像に目を戻す。

世の中の彩りをすべて集めたかのようなメタリックな輝き。赤から緑を経て紫に、青から赤を経て黄色に。ふうう、ふうう、と虹の点描たちは色を揃えて婚姻を飾る。

「虫に肺はないけど、まるで呼吸してるみたいだね」

夢見る口調で、孝弘は呟いた。

なるほどロマンチックな感想だ、と健は思った。自分にはできない見方だ。

――健。今のタカヒロ・タシロの見解は……。

――しっ、黙って。

質問してきた〈ダイク〉を明確に制し、健は伝達意識レベルぎりぎりのあわあわとした思考を投げた。

世の中には知らないことがたくさんあるんだ。不思議なことも、新しいことも、たくさんある。知識量では俺なんかお前の足元にも及ばないし、ましてや善悪の判断なんかできない。

ただ、ここは女神様たちのお膝元。改変と改竄、善意と干渉、そのラインを引くのは人間じゃないんだ。ここに辿り着いたものは、たとえどんな出自であれ、生きているだけで――。

いや、と健は、マシンの相棒を慮って自分の考えを訂正した。

たとえどんな出自であれ、存在するだけで魂が輝く、だ。

Ⅱ

にせもの

眼下では、老女がキャンバスに向かっていた。広い前庭の芝生に、朝日が彼女と画架の長い影を落としている。

五階からだと見えないが、彼女はこの庁舎を描いているのだ。来る時に見た。

お客が行き来する美術館やホールは凝ったギリシャ様式なのに、ここは、スタッフの巣は白くて四角い箱で充分だろ、とでも言いたげな殺風景な建物だ。わざわざ描こうとするとは、なんと奇矯な人だろうか。

先ほど、老女はこちらの制服を見ると、

「あら、おまわりさん。おはようございます」

と、気さくに喋りかけてきた。

絵にするのならもっといい場所があるでしょうに、と言うと、

「だって、ここが一番偉いんでしょ」

と、真面目な顔で返す。

「私、二週間しか滞在しないの。絵はがきになりそうもないところを描いて、本当に行ってきたんだっていう証拠にしないとね。写真や動画は駄目よ。どんな場所でも簡単に合成できちゃうし、ここに来たんなら絵筆を持たないと」

なるほど。

「建物の形も簡単だし、私みたいな素人にはちょうどいい。でも、白い壁は工夫するつもりなの。のっぺり塗るんじゃないわよ。ルノワールみたいにいろんな色を混ぜる予定。ユトリロとどっちを真似しようかと悩んだんだけど」

それはすごい。本物と間違えないように注意することにします。

「おまわりさん、口がおじょうず。お世辞でも嬉しいわ。あなたのこともお友達に話すわね」

老女は幸せそうに声を立てて笑った。

〈絵画・工芸部門（アテナ）〉が使用する美術品搬送用の青いカートが、老女の脇を通り過ぎた。爽

やかな朝日を浴びながら、しずしずと〈総合管轄部署（アポロン）〉庁舎へ近付いてくる。それが壁面投影されているカメラ映像で見えた。

　カートの荷台は空（から）に見える。さして大きくないので、きっと膝の上で抱えているのだろう。既知宇宙に存在するあまねく美を蒐集（しゅうしゅう）研究しようとしている博物館苑惑星〈アフロディーテ〉に、ようやく「本物のほう」がやってきたのだ。

　とはいえ、一介の〈権限を持った自警団（VWA）〉である兵藤健（ひょうどうけん）には、目の前の会議机に澄まし顔で載っている焼物が贋作かどうかなど判るわけはない。ただ、その青灰色の壺を〈アポロン〉の新人学芸員、尚美（なおみ）・シャハムが憎々しげに睨みつけているところからして、こっちがにせものなんだろうと察するだけだ。

　尚美は、大きな瞳を一度閉じ、ふう、といらいらした気分を身体から吐き出した。

「それで、マシューはまだ戻らないんですか」

　と、会議室の窓辺で平和な朝の光景を眺めていた先輩学芸員に訊く。

　田代孝弘（たしろたかひろ）は、自分が悪いわけでもないのにすまなそうな顔をした。

「二十四枚目の『モナ・リザ』の借り受けに手間取っているそうだよ。息子が協力を渋っているらしい。あんな超有名絵画を本物だと思って購入しただなんて、一族の恥さらしもいいところだ、とかなんとか」

「二十三枚も集めたんなら、もういいじゃないですか」

孝弘はますます困り顔になった。

「彼は彼で、〈アフロディーテ〉五十周年を特別なイベントにしたいんだよ」

尚美は、孝弘の代理弁明を受け入れる代わりに、もういちど吐息をついた。

そもそも事の発端は、〈アポロン〉の学芸員、マシュー・キンバリーの企画書だった。

金髪で長身のマシューは、黙っていればそこそこの好青年なのだが、古い罵倒語を操る尚美曰く、「水素分子もはだしで逃げ出すほどの軽佻浮薄（けいちょうふはく）、イソップのずるい狐も尻尾を巻くほどの邪知深さ」なのだとか。特に、AA（ダブルエー）権限を持つ孝弘の妻美和子（みわこ）に何かと取り入っているところが気に食わないらしい。

そのマシューが〈アフロディーテ〉五十周年記念に合わせた大型の企画を立てた。仮タイトルは「贋作鑑賞術」。世に流布する夥（おびただ）しい贋作美術品と真正を並べ、どこが違うかを比較することで、〈本物の美〉とは何かを問いかけようとするものだ。歴史的に見ても、贋作展覧会はお客たちの受けがいいので、計算高い〈アフロディーテ〉のトップたちは即座に企画を承認した。目玉としてルーブル美術館からレオナルド・ダ・ヴィンチの「モナ・リザ」を借用できることになり、マシューは得意満面で地球（した）へ出向いて、それと並べる市井のモナ・リザたちを掻き集めようとしているのだった。

派手なところをマシューに持って行かれた〈アテナ〉の学芸員たちは、苦い表情をしながらも、「間違い探し」ゲームを楽しく盛り上げるべくその他の展示物を準備していた。データベースと直接接続している者は、〈喜び(エウプロシュネー)〉に統合されたＡＬＲ(アート・ロス・レジスター)と呼ばれる美術犯罪の記録を辿り、真贋両方を展示できそうな品に当たった。

その最中、かねてより〈アフロディーテ〉が所有していた逸品、〈都会焼〉の「片切彫(かたぎりぼり)松竹梅」とそっくりの壺が、詐欺を重ねてきた古物商の蔵から発見された。美術品の履歴書とも言える来歴(プロヴナンス)もこちらが所有する物と同一の文書で、異なるのは、〈アフロディーテ〉のものには〈都会焼〉創設者である柊野彦一(ひらぎのひこいち)が発行していた認定シールが貼られていることだけだった。

当初は、シールもない贋作が見つかっただけだと思われたが、念のために双方を調べ直した結果、なんたることかシールで保証された〈アフロディーテ〉のもののほうが、来歴書が怪しいという。

〈アテナ〉は蜂の巣をつついたような騒ぎになり、古物商を捜査した国際警察機構美術班と共同で、この地で両者を比較検討することになったのだった。

健は、うなり声が漏れないように気を遣いながら、机の上の壺を凝視した。

〈都会焼〉という名にそぐわないむっくりとした姿だった。いわゆる「肩が張っている」

という形だ。高さは三十センチほどで、全体に美しいガラス質の釉薬を纏っている。青とも緑とも灰色とも言えず、それでいて少しも濁った感じがない。生地に彫られた、こちらは非常に都会的で端正な松竹梅の図案が、彫り込みに溜まった釉薬の濃淡のために活き活きと浮き出して見えた。貫入と呼ばれる細かい罅に覆われているのも、単色に深みを加えていていい感じだ。

——これはこれで綺麗なんだけどなあ。〈ダイク〉、お前はどう思う？

脳に直接接続された〈正義の女神〉に男性名称で呼びかける。

すると〈ダイク〉は、

——あなたは時々、返答しかねる質問をしてきますね。

と、まるで人間のような切り返しをしてきた。以前なら「綺麗かどうかの判断はできませんし、どう、とはどういう意味でしょう」とでも言うだろうに。情動学習の成果だろうが、ちょっとこれはこなれすぎではないか。面食らった健は、思わず言い訳をしてしまっていた。

——困らせるつもりはないんだぜ。うっかり、うーん、とでも口を滑らすと、尚美がたちまち睨んでくるから、気分を逃がしてる。独り言みたいなもんだ。

——彼女に対する行動予測は正しいと判断します。

――ただし、いつものように鑑賞眼がなってない、という意味じゃないだろうな。なにせ今回ばかりは天下の〈アフロディーテ〉ですら真正品だと思ってたんだから。学芸員でも騙される物品を前に、部外者が偉そうに嘆息するな、という感じ。

〈ダイク〉にゆっくり解説している暇はなかった。会議室の扉が開く。

「皆様、お待たせ」

入ってきたのは〈アテナ〉の敏腕学芸員、ネネ・サンダースだ。いつものように銀色のオールインワンを着込んだ彼女は、ネコ科の動作で机に近付くと、胸元に抱えていた大きな箱を置く。

彼女の後ろには、東洋系の初老の男性が続いていた。上品なスリーピースをすらりとした身に纏った彼は、ラフに流した黒髪の下で人懐っこい笑みを湛(たた)えている。

「紹介するわね。こちらがこれを運んできてくださった国際警察機構美術班のゴロー・キノシタさん。非接続だけど優秀だって聞いてるわ。日系ばっかり集まったからっていって、私を爪弾(つまはじ)きにしないでちょうだいね」

孝弘が「そんなことしないよ」と優しく言う間にも、ネネは白い手袋をはめ、箱を開けて泡梱包(フォーム・パック)の中から壺を取り出そうとする。

男性は、一歩踏み出して軽く会釈をした。

「木下五郎です。上司が以前、別件でネネさんと調査に当たったそうで、私も彼に負けないよう尽力する所存です。昔語りはカートの中で済ませてきましたし、そちらのメンバーもうかがっています。さっそく取りかかりましょう」

木下は、柔和な瞳で健のほうを見遣った。

「君がＶＷＡの兵藤君だね。〈美の殿堂〉を守るためには、今後も我々と連携する機会があるだろう。この案件が役に立つ経験となればいいんだが」

ＶＷＡのボスであるスコット・エングエモが健に提案した時の言い方を、木下はほぼその通り口にした。もう話は通っているようだ。健は急いでお辞儀をした。

「よろしくお願いします」

「うーん」取り出した新着の壺と〈アフロディーテ〉の壺を前に、健ではなくネネがうなる。「これは真贋の判別ができなくても仕方ないわね。肌の滑らかさ、肩の張り具合、光沢、うちのとそっくり。色のトーンも同一で、そうね、雨過天青色ってとこかしら、宋時代の。片切彫りの技巧も確かだし、釉薬の沈み方も遜色ない。それにこのたたずまい」

孝弘は、口元に手をやっていた。

「うちの壺と向き合ってきたネネにそうまで感じさせるのなら、どちらが本物でもおかしくないってことだ。両方とも柊野の真作ということはないのかな」

「まったく同一の来歴書なんてものが存在してなければ、私もそう判断するんだけど」ネネは短髪を散らかして、勢いよく木下に顔を向けた。「来歴書は？」

「一緒に入ってますよ」

「ああ、この小箱ね」

言いながら、ネネは泡の中を手探りし、漆塗りとおぼしき黒くて細長い手箱を持ち上げた。

「ヒラギノの〈都会焼〉、そのコンセプトは『街中の青磁』なの。通販を駆使して各地の陶土を取り寄せ、高温を出せるポータブルの炉を使って、ビル街に住みながら作品を作った。でも、あまりカジュアルに流れないように、証明書のたぐいは和紙に毛筆で書いていた……。ああ、やっぱりすべて表装してあるわね。ニンジャみたいな巻物」

ネネは、立て続けに二本、手慣れた様子で巻物の爪を外し、つるつると机の上に延べた。紫の錦織に縁取られた薄いベージュの和紙に、墨痕淋漓とした文字がしたためてある。

「こっちが製造証明書。落款も間違いないわね。片切彫松竹梅、製作日は三十六年前、ヒラギノ晩年の作。陶土のブレンド比率が書いてあるのは、いろいろな土を試してたから、メモ代わりだったらしいわ。もう一つは売り渡し証書で、これもうちの壺と同じく老舗の『臨海堂』が相手。〈エウプロシュネー〉、うちが持っている書類と比較して、壁面投影」

コマンドを有声で発してしまうと、喋り通しだったネネは、ようやく一息ついた。
会議室の白い壁に二組四枚の証書が映し出されたかと思うと、すうっと半透明になって重ね合わされた。

「筆致までまったく同じじゃないですか」

尚美の弱々しい呟きを聞きつけて、木下が彼女に質問した。

「〈アポロン〉の新人学芸員としての見解は？」

今度は尚美がうなる番だった。軽く顎を引いて、目を閉じる。きっと〈記憶の女神(ムネーモシュネー)〉のデータを漁(あさ)っているに違いない。

ぱちりと目蓋(まぶた)を開いた尚美は、「相剝(あいは)ぎ、ですか？」と、自信なさげに答えた。「書画の贋作手法だそうですね。和紙は薄く剝ぐことができるので、上手にやれば墨や絵の具の浸(し)みた下の層がコピーになるという」

ネネは、腰に手を当てて、ふん、と鼻息。

「ご名答よ。ゴローに前もってもらってた画像から見当は付けてたけど。残念ながら〈アフロディーテ〉にあるほうがコピー。浸み込みが悪い部分に墨を足した形跡があるの」

尚美はまだ納得がいかない風情だった。

「じゃあ、壺の底に貼られている柊野の認定シールはどうなんですか。〈アフロディーテ〉のほうにこそ、シールが付いてるんですよね」

白い手袋が、最初から置かれていたほうの壺を慎重に持ち上げ、底面を見せた。高台内の銘の横に、手擦れて光るほどに古びた紙のシールが貼ってある。

「拝見してもいいですか」

自分の白手袋をはめながら、木下が訊いた。

彼は机の上に屈み込んで壺を手にし、直径三センチほどの円形シールをまじまじと見つめる。

「中にチップが入っていて、そのデータは本物だということでしたが」

「ええ。けれど、当時の記録を当たってみると、これは柊野彦一本人の発行ではなく、死後、夫人が〈アート・スタイラー〉というあまり評判のよろしくない画廊の主に与えたものだったの。壺は彦一のものと見分けがつかないし、見せられた製造証明書がよもや相剝ぎだとは思わない。証明のシールを発行してくれと強く言われたら、高齢の身で断るのは難しかったでしょうね」

「臨海堂からアート・スタイラーへの売買契約書は？」

「正式の電子データで確認済み」

なるほど、と小さく呟いて、木下は壺を置き直した。

「アート・スタイラーに関する事件は、当方でもいくつか捜査しています。おそらく彼らが臨海堂から真正品を買い付けた後、にせものを作らせたんでしょうね。そして、贋作のほうに本物のシールをもらって、相剝ぎの来歴書を付けて堂々と転売。本物だと疑わない人たちの手を巡り巡って〈アフロディーテ〉が購入するに至った。本物のほうは、目立たない取り引きをいくつか経て、今回の古物商の蔵へ辿り着いていた、と」

「うちは、堂々としたほうを購入しちゃってたわけ」

ネネは芝居がかって肩をすくめる余裕があったが、尚美はまだ諦めきれない様子だ。

「来歴書が相剝ぎのものと入れ替わっただけで、実はこっちが本物の可能性はないんでしょうか」

ネネは軽く呆れたような言い方をした。

「もちろん調べたわよ。疑いが出てからのことだけど。ね、タカヒロ」

孝弘は僅かに首肯(しゅこう)し、

「〈ムネーモシュネー〉、あの映像を」

と、やはり口頭で命じた。

すぐさま、壁面にあまり解像度の高くない動画が投影される。平台にさまざまな陶芸作品が置かれていて、小規模な展示会に見えた。

「ずいぶん探して、ようやくプライベート映像を見つけたんだ。この壺が誕生した一ヵ月後、柊野は公民館で開かれた地元作家の展示会に出品していた。画質はよくないが、光が斜めに当たった、ほら、この縁のところ、かろうじて貫入が見えるだろう。ちょうど松竹梅柄の松葉の尖端も映ってる」

孝弘は映像を止め、手元にある二つの壺の同じ部分を指さした。

「松葉にかかる貫入は、木下さんが持ってきてくれた壺と同じだね。うちのは、違う」

観念した尚美が、「あああ」と、小さく声を上げた。

木下は、半ば慰めるように続ける。

「当時はまだ、貫入まではコピーできなかったんだよ。今は、鋳の模様をスキャンして、釉薬の収縮率をコントロールする薬剤をインクジェットで肌にプリントし、人工的に同じ割れ方をさせることもできるけれど」

健は思わず、

「そこまでできるようになってるんですか」

と、声を上げてしまった。

木下はにやりと笑った。

「君の勉強のタネは尽きない、ということだよ」

「そうですね。頑張ります。でも、今回の真贋判定はこれで一件落着？　なんだか、出会い頭に推理小説の謎解きを聞かされた気分なんですが」

「まだよ」

ネネが厳しい声で否定する。

「念には念を入れる。それが私たちの流儀。〈アフロディーテ〉が贋作を掴まされていたなんていう重大事なんだから、これから科学分析室で陶土の組成を調べてもらう。製造証明書と合致するのはどちらなのか、きちんとした証拠(エビデンス)を取らなきゃ」

木下も低い声で続けた。

「捜査する立場の者としては、落着どころかここがスタートだよ。贋作製造の経緯を知り、犯人を特定し、逮捕。裁判に証拠を持ち込み、犯人に罪を償わせる。そこでようやくゴールかな。取り敢えずは、〈アフロディーテ〉が発表するならするで、こちらもいろいろと資料を揃えることになるだろうね」

「田代さん、ほんとに発表するんですか。うちの威信に関わりますよ」

尚美に泣きつかれた孝弘は、珍しくいたずらっぽい顔をする。

「実を言うと、贋作を所有している美術館は山ほどあるんだよ、表に出さないだけで。風景画で知られるジャン＝バティスト・カミーユ・コローなんか、『彼は多作で生涯に二千点の絵画を残した。そのうち五千点はアメリカにある』と言われるほどだしね。今回の件は、マシューの企画絡みでさらっと真実を公表することになるだろう」

「そうですか」

尚美が意気消沈したので、健は、ついうっかり、こう漏らしてしまった。

「見分けがつかないくらいなんだから、もうどっちも本物だったってことにすればいいんじゃないかなあ」

素直な気持ちだったが、一同がそろって目を剝いたので、健はようやく失言に気が付いた。

尚美は、三つ目のパフェに憤然とスプーンを突っ込みながら、

「もう、信じらんない！」

と、何度も繰り返した言葉をまた噴出させた。先ほどから彼女は、生クリームを口に入れては罵詈雑言を吐くという妙な入出力変換をループしている。

「学芸員に向いてないのは知ってたけど、警官の素質もないのね。どっちも本物にしておけばいいなんて、あなたの思考回路、しっちゃかめっちゃかでトンチンカンで荒誕にすぎるわ」

健は謝り疲れてきていた。パフェは奢ってやっている。おまけに木下も同席している。場所はというと、木下が宿泊している、お硬いビジネスマンの多い〈トロス・ホテル〉の一般のカフェで、こちとら発光は抑えているとはいえＶＷＡの制服だ。周囲の視線が非常に痛い。昼前なので、これからどんどん混む。

「お前さあ、〈アフロディーテ〉がまんまと騙された悔しさを、俺にぶつけてない？」

尚美は、スプーンをぶんと振った。

「たとえそうだとしても、聞き流せないレベルだったことには変わりない。あなた、すごくよくできた偽札ならもう本物でいいよって言ってるのと同じ」

「ちょい待ち。貨幣と絵画は根本的に違うだろうが。お金は存在自体に価値が設定されている。美術品はその美しさに価値が付いてるんだから、負けずに美しく作られたものも、ちょっとはすごいなあって言ってやりたいってことで……」

「ほら、それよ。ＶＷＡともあろう人が、正義感すらない！　意匠や工夫を丸パクリした泥棒に、よくできましたねって言えるの？」

尚美はついに、行儀の悪いことにスプーンで健をびしりと指した。

「本物の価値は圧倒的だわ。その作家が、自らの頭脳と手で創り上げてる。モチーフ選びに苦悩し、形や筆遣いに試行錯誤し、どうしたら美しくなるのか、どうしたらよくなるのか、必死に考えてようやく産み出されるのよ。絵画なら塗り重ね、立体物なら撫で回し、作家が触れたところからは、その作家の経験や考え方、そこに至った人生、命が伝わってる」

それは判っているつもりだった。

健は、ピエール・ファロの絵画、「新天地」の前に立った時のことを思い返した。優れた保存剤のコーティングで自分と物理的に遮断されてしまうと、キャンバスの布目を通り過ぎたその時の風を感じられなくなってしまうような気持ちがしたのだ。

複製品はいくら精巧であっても、作家の横に寄り添って同じ大気を吸ってはいない。

神妙に耳を傾けているように見えたのか、尚美のトーンが下がった。

「〈エウプロシュネー〉や〈ムネーモシュネー〉には上手に伝えられないけど、本物が持つ力は人間の勘が感知する。形や色を模しただけの複製品に、その気迫は感じられないのよ」

「でもさ、ベテラン学芸員であるネネさんの勘ですら、あの壺は」

最後まで言いきることができなかった。

尚美が、怒りを通り越して涙目になっていたからだ。誇りを持って赴任した〈アフロディーテ〉が貶(おとし)められ、敬愛する大先輩があの贋作を見分けられなくても仕方がないと負けを認めた。勝ち気な新人学芸員にとっては、泣くほど悔しいことなのだ。

――〈ダイク〉。

健は、やり場のない気持ちを脳内の相棒に差し出した。

――相手が泣きそうだからといって、議論を放棄してはいけない。例えば、尋問相手が可哀想に見えるから、追及の手を緩めることなどあってはいけない。ただ、考えなきゃならないんだ。

〈ダイク〉は、その後が続かないのを確認してから、

――察知しました。私には情動を獲得する使命があります。相手の心情の揺れやその原因を考慮するのは大切だと判断します。

と、慰めるような口調で返してきた。

「君たちはなかなか面白いね。いつもこんなふうに談論してるのかい？」

コーヒーカップを少し持ち上げて、木下が頬笑みながらからかった。声高の言い合いも、彼にかかればエレガントな言い回しになる。

「美術品犯罪は日に日に巧緻さを増し、真贋判定は難しくなる一方だ。ネネさんの困惑には同情するよ。まあ、今回は完全コピーだが、有名画家の新発見された絵画、というのは、もっと扱いに困るね。巧い下手では判断できないんだ。どんなに名声を得た画家でもでき

のよくない作品はあるしね。年代測定しようとしても、古い組成の絵の具を自作し、古着のファーを集めて筆を作っていた男もいるしね。ここの加速型進化分子工学技術（タイムマシン・バイオテック）が悪人どもに使われないよう、祈るばかりだ」

そこで彼は、カップをソーサーに戻し、わずかに身を乗り出した。

「だからこそ、来歴が重要になってくる。美術作品の出所由来を、売り渡し証書や遺言状、相続目録などで確かめていくんだ。有名作家の新たに見つかった作品なら、どうしてその場所にあったのか、生前の作家がそれを残しそうなエピソードはあるか、などを調べ上げる。大変だよ。美術家全員が総目録（カタログ・レゾネ）を作っているわけじゃないからね」

気分を変えてもらった尚美は、やっとスプーンを置いた。

「その点は〈ムネーモシュネー〉たちがずいぶん助けてくれています。あんな感じ、とか、だいたいあの頃、みたいな曖昧なイメージでも、それをきっかけにデータを拾い集めてくれるんです」

木下が器用に片眉を上げた。

「じゃあ、ここには文書記録専門の担当、アーキヴィストはいないのかい？」

「います。電子化されたデータではなく、実体性（マテリアリティ）が必要な時がありますから、書簡や領収書なんかをバッチリ保存してくれてます。表舞台にはなかなか出てこないけど、大事なスタッフたちですね」

「ならいい。〈アフロディーテ〉のことだから管理に抜け目はないだろうが、美術犯罪者の中には、来歴を改竄しようとする輩もいる。後から〈ドリューの大贋作事件〉で検索をかけてみなさい。マイアットという小器用で貧乏な日曜画家にいろいろな画家のタッチで絵を描かせたところまでは、まあ、言い方は悪いけれども普通だ。遺産目録や領収書を捏造するのも、まあ、常套手段のうちだ。特筆すべき点は、ドリューが美術館に所蔵されていたすでにある来歴を歪めたことなんだ」

「どうやって」

健が訊くと、木下は、

「自分の履歴から偽ったんだよ」

と、むしろ愉快そうだった。

「ドリューは銀縁の眼鏡をかけた知性的な人物で、物腰も優雅、弁舌も爽やか。自分は原子核物理学の教授であるだとか、イスラエルとも関係がある、国防省の相談役、などと名乗っていた。一般人を煙に巻けるほどには、それなりの知識も身に付けていたようだね。彼はタイミングのいい寄付とその肩書きで美術館やオークション業界に取り入り、テートの資料室に出入りしていたんだ」

「イギリスが誇るあのテート・ギャラリーにですか？」

訊き返した尚美の声は裏返っている。健ですら知っている有名美術館だ。

「そう。テートの職員からはプロフェッサーと呼ばれていた。彼は人目に付かない席を選んで、いろいろなカタログや出品目録のページを、マイアットの贋作がその時から存在していたかのように差し替えた。あとは、用心深い顧客がそのにせの書類を参照して、本物だと納得するのを待てばいい」

「ちょっと信じられない話ですね」

「それだけドリューは堂々としてたんだろう。贋作犯罪の世界では、販売のためのお膳立てを『舞台を張る』と呼ぶ。立派な身なり、高級車、一流ホテルでの内覧会、有名人の名前、信用が置けそうな証書類。いかに素晴らしい作品かを演出してやるんだね。ドリューの場合は、舞台を張るさらに前、役者の化粧を自分に施すところから始めていたというわけだ。人は相手の第一印象に騙される。いくら優秀な科学分析術があっても、調べようとすら思わなければ無力だね」

健は、悪党の知恵に感心しながらも、心の隅では安堵していた。

「騙されるのは人間ですよ。俺たちは怪しいと思ったら直接接続のデータベースですぐに裏を取ります。今後は第一印象を疑ってかかることにしましょう。信じる前に即座にデータ参照する癖を付ければ、そうそう簡単には」

木下は、背もたれに姿勢を戻し、胃のあたりでゆったりと手を組み合わせた。

「君にはドリューの教訓が届いていないようだ。君たちが頼りにするデータそのものが改変されていたら？」

いやいやいや、と健は苦笑して手を振った。

「〈アフロディーテ〉のセキュリティは、物質的には国際警察機構の各署内、電子的には〈守護神(ガーディアン・ゴッド)〉と同じくらい万全ですから。IDチップも監視カメラもない時代にページを切り貼りするのとは訳が違いますよ」

尚美も、溶けたアイスをスプーンですくいながら頷く。

「データベースを信じられなくなったら、私たち、寄る辺がなくなっちゃう」

木下は、肯定も否定もしないで、ただ、ゆっくりと息を吐いた。

「機械はね、間違った記録もそのまま保存するし、命令されればその通りに実行する。もちろん昔と違って、記録の前には他のデータを参照して真偽や価値のラベルを付加するだろうし、規範に合わない命令なら動機や優先度を確認しようとする。けれど、舞台を張る前に化粧から始めるタイプの人間を舐めてかかってはならない。彼らなら、嘘を嘘だと判断されない手口でデータをこねくり回すだろう。物質的なセキュリティは言わずもがなだね。部屋へ入る時の認証もコンピュータシステムに頼っているんだから」

「〈ムネーモシュネー〉はそこまでバカじゃありません。ハックするなんて、それこそオリュンポスの神様ででもなければ不可能です」

「それに、俺の〈ダイク〉……正式には〈ディケ〉ですが、こいつなんて、情動を獲得しつつあるんですよ。人間よりも敏感に怪しさを察知できるし、命令されなくても自発的に調べて報告してくれます」

「それはますます困ったことだね」

「は？」

木下は指を組み直した。

「言外の気配を察することのできる、人間のような存在。それはつまり、言外の価値観に左右されて、人間のように騙されてしまうということではないかな。怪しいと感じて調べるのなら、堂々としていると感じて調べもしないということもあるんじゃないか」

「どんな場合でもまず疑え、と教えれば――」

「嘘か真（まこと）かの答えが出ていても、美しいと感じる心を獲得しているものは美しい贋作の存在を擁護したくなる」

当てこすりをされて、健はぐっと詰まった。

——察知しました。

突然、〈ダイク〉が内声で語りかけてきた。

——大丈夫です、健。私の判断は、人類が築き上げてきた膨大な経験値に支えられています。私は美醜と善悪を混同しません。

——判ってる。判ってるんだ、〈ダイク〉。ただ、お前がそうやって俺を気遣うことこそ……。

困っている人に大丈夫だと言ってやる〈心〉は、困った振りをしている人に騙される可能性を秘めている。

答えにくい質問にこなれた反応を返すのは、答えたくない時にははぐらかすという優しい嘘を覚えた予兆。

自分は〈ダイク〉に何を教えようとしているのか。人情味のある刑事に育てようとしていたはずなのに。

人情を察せられるのは、泣き落としが通じるという意味にもならないか。相手の涙におろおろした時には考える振りで黙りこめというような、姑息な処世術を伝授していたのではないか。

——健。違います。

落ち着いた声で〈ダイク〉は否定してくるが、健の頭の中は、木漏れ陽がちらつくように光と影が明滅してやまなかった。

やがて木下が組んでいた指をほどき、カップに手を伸ばした。

「というように、フォーマットを知っていれば、君たちの心を少し揺さぶることもできる。私は今、ネネさんが口にしていた『堂々としたほうを購入した』という言葉を持ち出し、贋作を擁護したくなったという兵藤君のミスを突いた。先立つ話題や行動を論に加えて蒸し返すのは、詐欺師の常套手段だよ。覚えておきなさい」

彼は澄ました顔でカップに口をつけた。

はああ、と尚美が脱力する。健は自分の考えで手一杯だったが、彼女も同じように攪乱されていたに違いない。

健も、ようやく人心地がついてきた。

「覚えておきます。感情を持つことが諸刃の剣だという内容も。さすが、と言ってもいいですか」

「君も定年近い歳まで勤め上げれば、これくらいのことはできるようになるさ」

そうかなあ、と健が思わず後ろ頭に手をやった時。

急に尚美がスプーンを握り直して、猛然とパフェの残りを食べ始めた。

「どうしたんだ」

「ネネさんからの通信が。きっと科学分析が終わっ……」

ガタッと尚美が立ち上がる。見るからに顔が青ざめ、大きく目を瞠っていた。

「そうです。木下さんはここにいます」

熱に浮かされたような声を出して、尚美はネネへ返答する。

「じゃあ、壺を引き取りに行ったのは、誰なんですか」

三人はカフェを飛び出し、VWA車両を緊急事態だと示す赤と黄色のけたたましい点滅に光らせて、科学分析室へ向かう。

木下は健たちとずっと一緒だった。けれども、カフェで話していたのと同時刻に、〈アテナ〉所属の科学分析室へ、国際警察機構美術班・木下五郎が現れていた。

その人物は、「地球から要請があり、急遽、両方の壺の比較映像を送らなければならない。秘匿回線を使用するので、ホテルに置いてきた機材からしか発信できない」と焦った様子で、正規の借り受け手続きをして、「片切彫松竹梅」を二つとも来歴の書面ごと持ち出した。

〈ダイク〉に確認させたところ、入室認証に使われたＩＤに不審な点はなく、各所の監視カメラ画像に映っているのも、木下五郎本人に見えた。

「〈ダイク〉、そいつの虹彩は」

手動運転しながら、健が訊ねる。

「一致しています。しかし〈ガーディアン・ゴッド〉には、過去、プリントしたコンタクトレンズで突破したケースも記録されています」

「指紋は。耳の形は」

「一致しています。しかし顔貌と同じく、なんらかのマスク、もしくは整形で偽装していると考えられます」

誤魔化されにくい生体（バイオメトリクス）認証としては、網膜や血管の形状を利用する方法があるが、犯罪予防的に多くの人を俯瞰（ふかん）する一般の監視カメラには搭載されていなかった。

「いったいどうやってＩＤを偽造したの！」

後部座席から、尚美がヒステリックな声で訊く。

「俺に判るか！」

健は、リアシートモニターでちらりと木下を見て、

「木下さん、念のためにあなたのを見せていただけますか」

「もちろん。疑ってかかるのはいいことだよ」

彼がスリーピースの内ポケットから取り出したカードを、〈ダイク〉は、

「正真です」

と、即座に保証した。

木下は苦笑を禁じ得ない。

「あんな話をしておいて、まさか自分のにせものが出てくるとはね」

「敵はかなりの手練れです。公共監視カメラは、中央市場のトイレ入り口で見失っています。そこで変装を解いたのでしょう。市場なら、着替えや壺の入った大きな荷物を持っていても怪しまれない。出入りを照合させていますが、昼前の混雑で人物がかなり重なって映っていて。空港へ向かう要所に、非常線を張ってあります」

「国際警察機構のIDをコピーできるほどの能力があるなら、おそらく空港もすり抜けてしまうな。あとは壺を田舎に沈めて二倍儲ける……」

「田舎に沈める？」

訊き返した尚美に、彼はいまいましげな口調。

「贋作販売の用語だよ。情報に疎く、見せびらかす機会もあまりなさそうな金持ちに売りつける意味。たいていは大事にしまい込んでしまって、よほどのことがない限り市場には

戻ってこない」

「で、田舎に沈める時には、来歴書をひけらかして充分に舞台を張るわけね」

「ことによると、〈アフロディーテ〉のお墨付き、くらいの盛り方はするかもしれん」

「そんなの許せないわ！」

暴れ出しそうな勢いの尚美に、健は大事なことを思い出させようとした。

「とにかく行方を捜さないと」

贋作を購入してしまうのはよくあること、と、孝弘は言っていた。しかし、それが真贋ともに盗まれてしまうなんて、恥の上塗りだ。

不意に、朝の老女の笑い顔が目に浮かんだ。一番偉くて簡単なところを描くだの、ルノワールの真似をするだの、なんの後ろめたさもなく喋ってくれた老女。彼女があのほがらかさをそのまま地球へ携えて帰り、家族や友人たちの前でおおいに観光自慢ができるよう、美の楽園の蛇を早く捕まえなければならない。それが〈アフロディーテ〉を名実ともに守るおまわりさんの仕事だ。

決意の頷きをひとつしたその時。〈ダイク〉の緊急通報が入った。

――木下五郎のＩＤカードが、位置情報を発信しています。〈ガーディアン・ゴッド〉の捜査員専用回線です。

――ここからじゃなく？

――違います。

――にせＩＤのくせして、〈ガーディアン・ゴッド〉に発信できるだと？

――場所をＣＬ投影にします。レイヤーではなく分割を使用。

前方の視界の隅に、〈アフロディーテ〉市街の地図が現れた。赤く明滅しているのは、治安のあまりよろしくないエリアの安ホテル。

急ハンドルを切ると、シートに押し付けられた尚美が「わっ」と声を上げた。

「ごめん。にせＩＤから位置発信があった。急行する」

健は同時に、内声を使って〈ダイク〉に指示し、タラブジャビーンたち同僚にも場所を知らせた。

「〈ディケ〉、私のＦモニターに地図をちょうだい」

正式名称で呼ばれた〈ダイク〉は、「了解しました」と答える。

尚美は、リストバンドから引っ張り出した薄膜状のモニターに目を凝らした。

「変ね。どうしてわざわざ居所を知らせてくるの？」

「健」木下が低い声でファーストネームを呼ぶ。「罠かも知れない。現場到着しても応援を待つように」

「了解」

「わーっ」

今度の尚美の叫びは長かった。

点滅がもう一つ出現していた。目抜き通りにあるムサカのうまい店だ。まったくの反対方向。

「なんだこれは」

健は、どうしていいか判らなくなり、大通りから住宅街に折れて車を止めた。

「にせＩＤカードが二枚あるのか？」

「わあ、わあ、わあ、どんどん増える！」

尚美が座ったままぴょんぴょん跳ね、車が揺れる。

ＣＬからフロントガラスへ投影先を変更し、健は瞳を絞った。発信源はすでに十を超え、まだ増え続けている。

「陽動だ」

と、木下がきっぱり言い下した。

「十人も二十人も仲間がいるとは思えない。前もってＩＤカードをばらまいておいたか、もしくは――」

ざわっと健の全身が総毛立った。

「〈ダイク〉、〈ガーディアン・ゴッド〉とのゲート接続を切れ！　これがデータ改竄なら、お前まで巻き込まれる」

「了解しました。切断完了。異常がある旨を最高レベルの警告（アラート）として出しておきました。新規の情報はすべて入ってこなくなりました」

健は唇を嚙みしめた。

「真贋を判別できない以上、仕方ない。〈ダイク〉、対処法を考えてくれ。にせものがこんなに多くちゃＶＷＡの人手が足りない。お前なら、もっといい方策を——」

どん、と大きく車が揺れた。

「私はここだ！　本物だ！　私を騙（かた）るな！」

大声だった。驚いて身体ごと振り返った健は、木下が膝の上で両手を握りしめているのを見た。

「私が本物なんだ、健。私が、私が！」

彼は足を激しく踏み鳴らした。柔和だった表情は一変し、かなり参っているように感じる。真贋について語った直後に自分自身のにせものが現れたのだから、してやられた悔しさが怒りに上乗せされているに違いない。

尚美が彼の肩にそっと触れた。

「落ち着いてください。大丈夫、もちろん判ってます」

囁くような声になだめられ、木下は正気を取り戻したように見えた。

「ああ……。ああ、すみません。取り乱してしまって」

「お察しします。田代さんに事情を報告しました。とりあえず〈アポロン〉へ来るようにとのことです。ネネさんも向かっています」

健は、木下の身体から力みが抜けるのを待った。

彼の握りしめていた拳がじわじわとほどけていくので、前へ向き直ろうとした時、

「いや、トロス・ホテルへ戻ってくれ」

苦しげに木下が言う。

「部屋に置いてきた機器で、ドイツの軍事回線に入れないかやってみよう。略奪絵画絡みの案件で使っていた。〈ガーディアン・ゴッド〉の異常は軍にも知れているだろうし、情報をもらいたい。様子が判らないと後手後手になる」

「軍とまで繋がりがあるんですか。あっ、じゃあ、この一件も、もしかしたらあなたと相反する軍事的な力が？　軍の上層部なら国際警察機構のデータベースを自由にできるかもしれない」

「いや、それはおそらくないだろう。私はアート・スタイラー絡みだと考える。あの画商の後ろには、世界的な美術犯罪組織が存在するんだ。健、君もいずれ、彼らの尻尾の先に触れることになるだろう」

「俺が……」

啞然(あぜん)としそうになる自分を叱咤し、健は木下の宿泊ホテルへ車を向けた。

入店するつもりはなかったがホテルのカフェは満席で、世間はまだ昼休み中なのだとやっと気付いた。慌ただしいと普通は時が早く過ぎるのに、あまりにも度を超しているのか時間の進み方がかえってのろい。

健は尚美と一緒にロビーのソファに腰掛け、部屋へ戻った木下からの連絡を待った。タラブジャビーンたちは木下のにせものを探し続けており、孝弘とネネは〈アポロン〉で待機している。

よほど悪い状況なのか、木下はなかなかロビーへ降りてこない。

人々が学校や会社へ戻り、さらに十五分が経った。

尚美も落ち着きをなくし、しきりと姿勢を変えている。

「遅すぎない？　にせものが逃げおおせちゃう。上で何かあったんじゃないかしら」

「行ってみよう」

健は麻痺銃（パラライザー）のチャージを確認してからエレベータに乗った。バックに世界的な組織がついていると言われても、穏やかな〈アフロディーテ〉の自警団員にはピンとこなかった。〈ガーディアン・ゴッド〉の安全性が確認できたら、調べてみなければ。

尚美を背後に庇（かば）い、部屋のドアベルを押してみる。

「木下さん」

何度ベルを鳴らしても、ノックをしても、返答はなかった。

ドアノブに手をかけると、難なく開く。

ふたりは無言で顔を見合わせた。

身振りで、ここで待て、と伝え、健は油断なく麻痺銃を構える。

そっと扉をくぐると、広めのワンルームだった。ビジネスマンを意識して中央に木製の事務机がある。そこに置かれた物体に、思わず「あっ」と声が出た。

「どうしたの」

「ちょっと待て。木下さん、木下さん！」

人が隠れそうなところを素速く確認する。バスルーム、ウォークイン・クローゼット、壁際のベッドの下。

誰もいない。木下もいない。拉致されたのかもしれない。

「尚美、田代さんに連絡しろ。ここに壺が二つともある」

彼女は、えっ、と短く叫んで飛び込んできた。

安っぽい木の机の上にまでは昼下がりの陽光が届かない。その薄暗がりの中、泡梱包の箱を背に、雨上がりの空の色が二つ、ひっそりとわだかまっていた。

健は座り込んでしまいそうだった。

木下が犯人に連れ去られたのだとしたら、どうして肝心の壺がそっくり残っているのだろう。

「〈ダイク〉、指紋や痕跡は」

「可能な限りサーチしましたが、まったくありません」

「全然？」

そういえば、彼が言っていた通信機器もなく、荷物の一つも見当たらない。

腹の底がむずむずした。重苦しい曇天が凝っている。

「田代さんとネネさん、緊急車両ですぐ来るわ。〈ムネーモシュネー〉に貫入を照会させたら、二つともそれぞれ〈アポロン〉庁舎にあったものと同一だって」

「にせ木下がこれをここに置くわけはない。せっかく騙し取ったものなんだから、素直に考えれば、少なくとも真作の壺と真正の来歴証明は持ち去る」

　健はそこでわずかに言い澱んだ。

「そして、俺たちと一緒にいたあの木下さんが本当に国際警察機構の人間なら、壺を発見したらすぐに知らせてくれるはずだ」

　尚美は三秒ほど立ち竦んだ後、ゆるゆると首を横に振った。

「……いいえ。そんなはずはない。あの人の上司はネネさんと仕事をしたんでしょ。昔語りをしたんでしょ。〈ディケ〉も言ってたわよね。彼のＩＤは本物だ、って」

「それに関しては、悪い知らせがあります」

〈ダイク〉の声音は重かった。

「〈ガーディアン・ゴッド〉から着信し、あちらのシステムにはなんらの問題も起きていないと報告されました。木下五郎の位置情報をこちらへ転送した記録もないそうです」

「なんだって？」

「ゲートを開いて木下五郎についてのデータ取得を試みましたが、職員登録の記載はあるものの、詳細は参照不可となっています」

「理由は」

「身辺調査中とのことです」

「こちらを来訪しているという記録は」

「参照できないので、肯定も否定もできません」

「〈ガーディアン・ゴッド〉が嘘をついている可能性は」

「あります。ただ、情動を持たないデータベースなので、嘘をつくというよりは、にせのデータを書き込まれているという意味です。今の私では解決できない重篤な不整合が存在します。こちらにとっては、〈ガーディアン・ゴッド〉から伝達された複数のＩＤ位置信号に翻弄されたのは記録に残る事実ですが、向こうのデータは違う。〈ガーディアン・ゴッド〉と私、どちらかがハックされていると予測するのが妥当です。双方のシステム精査を要求します」

気が遠くなりそうだった。

意識にかかった靄がふうっと集まり、白いスーツの後ろ姿になった気がする。

幼い頃に何度も目にした、叔父の兵藤丈次の去りぎわの背中だ。

いつもふらりとやって来ては手の込んだ小函や古銭を土産にくれる、自分にとっては優しい叔父だったが、警察官だった健の父親は弟の丈次を嫌っていた。怪しい、何をしているか判らない、と。そして、事件性があるかどうかを調べなくては、と言って、せっかくもらった土産物を取り上げてしまうのだ。

健はずっと判らないでいた。丈次が甥を可愛がるいい人なのか、犯罪の香りがする悪人なのか。次に会ったら善悪を問おうと決意していても、綺麗なものを手渡してくれるときの柔らかい笑顔を見ていると、言葉は喉の奥に引っかかってしまってどうしても直接訊けなかった。そして毎回、健は手の中の土産物をぎゅっと握りこみ、もやもやとした気持ちを抱えたまま、後ろ姿を見送ることしかできないのだった。

木下も、丈次と同じ混乱を健にもたらして姿を消した。部屋へ行くと言ってエレベータホールへ向かう彼の背中はどんなだったろう。〈ダイク〉や〈ガーディアン・ゴッド〉の確かな正義すら靄にかすんでしまいそうなこの状況では、健にはとても思い出すことなどできないのだけれど。

健は、気弱な笑みを床に落とした。

「もう何も信じられなくなったってことだな。世の中のすべてが……」

突然、細い腕で胸ぐらを摑まれた。

尚美が精一杯背伸びをして、健に顔を近づける。

「変なこと言わないでよ、このアホタレ！　きっと、木下さんには何か事情があるのよ。どこかの偉い人の都合とか、誰にも言えない隠密捜査とか。仮にあの木下さんが悪人だったとしても、壺を二つ残す理由は――あっ、そうだ、シール！」

「おい、素手で」

「構うもんですか」

尚美は、二つの壺の口を両手で同時に摑み、手荒に横倒しにした。

「〈アフロディーテ〉が持っていたほうには、ちゃんとあるな」

「ちゃんと？　違うわよ、節穴目玉。色味がおかしい。汚れすぎ」

言いながら、人差し指でシールの感触を確かめた尚美は、

「やっぱり違う。元々のはもっと手擦れでつるつるしてた。これはちょっとふかっとしてる。新しいのよ。汚しを付けたにせもののシールと貼り替えたのよ。犯人たちの目的は、認定シール。壺のにせものの作り方はほぼ確立できてるから、あとはシールの見本さえあれば、贋作はいくつでも田舎に沈められる。来歴(プロヴナンス)の存在を明かさなくても、壺をひっくり返して、ほら本物ですよ、と物知らずのお大尽を騙せばいいだけ！　なんでにせもののシールを残すのよ！　〈アフロディーテ〉が見抜けないとでも思ってた？　それとも贋作には贋作のシールをっていう嫌味なの？」

「いいから、壺を転がさないで。まず立てて。手を放して」

はっと我に返った尚美が、慎重に壺を置き直して身を離す。

そこでようやく二人は安堵の息を吐いた。

それを待っていたかのように、〈ダイク〉が言う。

「私の推察では、真正の認定シールを得た彼らは、もう『片切彫松竹梅』に関心がないのではないかと思われます。今後出てくるのは、柊野彦一の別のにせものだと予測します」

尚美の眉が曇った。

「どうしてそう思うの、〈ディケ〉」

「あなたは〈アフロディーテ〉の影響力を過小評価しています。今回の一件、そしてマシュー・キンバリーの企画でこの二つが比較展示されようものなら、『片切彫松竹梅』は美術に関心のある人々すべてに知れ渡ります。贋作を売りつけられたと後からでも騒がれるのは、犯人たちにとってよいことではありません。それよりは、〈アフロディーテ〉で話題になったあの柊野彦一の〈都会焼〉が新たに発見された、認定シールも貼ってあるからこれは本物です、と作風だけを真似たシンサク……新しい作品……を売るほうが得策と思われます」

「じゃあ、貫入まで真似できるから贋作にはもっと警戒するようにと、わざわざ私たちに言ったのも……」

「おそらく既存作品の贋作にのみ世間の注意を払わせようとするための、誤誘導でしょう。

狂っているかもしれない私の、自信のない推論ですが」

「まだ卑下するな、〈ダイク〉。論の通った立派な意見だ。お前が狂っているとしたら、俺も狂ってる」

「慰めてくださっているのですね。ありがとうございます」

尚美がその返答を聞いて、弱々しく笑った。

〈ダイク〉に感心すると同時に、健は木下にも賞讃を禁じ得ない。

騙しの手口を自ら語るだけあって、「あの木下」はさすがに鮮やかだった、と健は思う。張った舞台は機械仕掛けでとてつもなく大きく、役者はメイクアップの段階よりもまだ前の化粧品の調合から始めていた。最後の最後に略奪絵画という有名なものを持ってくるところなど、お手本通りだ。

公演があまりに立派だったので、健はめくるめく感覚の中で、いまだ彼の真偽を決めかねている。

アート・スタイラーと背景組織は実在するのか。するとして、それはデータベースに介入できるほどの力を持っているのか。

それとも、尚美が言うように、木下は何らかの事情で立ち働く正義側の人間なのか。

〈ダイク〉に感想を訊くのはやめておく。システム精査が完了するまで、そっとしておいてやりたい。

自分自身も含めて何もかもが信じられなくなりそうだが、ひとつだけ、確かなことがある。

ルノワールもどきを描く老女がずっと無邪気に頰笑んでいられるようにするのが、〈アフロディーテ〉のおまわりさんにとっては一番の仕事なのだ。

III

笑顔の写真

気象台は、一週間後に雨を降らせる、と発表した。〈総合管轄部署（アポロン）〉庁舎のある市街地では、降雨は長くて二日間。地球からはるばる足を運んできてくれる観光客の都合を考えてのことだ。裏側にあたる〈動・植物部門（デメテル）〉では、それぞれの生物が棲息する環境に合わせて、もっと頻繁に降らせる気候エリアもある。ラグランジュ3に位置する博物館苑惑星〈アフロディーテ〉は、オーストラリア大陸ほどの面積がある岩石を小惑星帯（アステロイドベルト）から曳航（えいこう）して造られている。マイクロブラックホール方式の重力も、天気も、気象台が綿密な計画のもとに操作していた。

先の天気ははっきり判るというのに、一緒に行動していた人物の輪郭が曖昧だなんて。

〈権限を持った自警団（VWA）〉中央署、午後の陽の差し込む明るい署長室で、兵藤健（ひょうどうけん）のみならず他の二人も渋い顔をしていた。

「国際警察機構は、〈アフロディーテ〉のVWAのことなんぞ、山奥の駐在所くらいにしか思ってないということだな」

蔭で「黒い雪だるま」と呼ばれているボスのスコット・エングエモが、両袖机の向こうで目をぎょろつかせながら低く嘆く。

「大問題が起こるまで、美術品闇取引の組織を〈アフロディーテ〉にすら教えないというのは、まったくけしからん話だ」

先だって、贋作騒動が持ち上がった。国際警察機構美術班のメンバーが絡み、犯罪データベース〈守護神（ガーディアン・ゴッド）〉や、健に直接接続された情動学習型の〈正義の女神（ディケ）〉の不具合まで疑わなければならないという、何をどう信じていいのか判らない大混乱だった。騒ぎのさなかに、健は、美術界の裏側で暗躍する組織として〈アート・スタイラー〉なる名前を耳にしたのだが、その存在はVWA署長のスコットですら初耳だったという。

健の横で、相棒のタラブジャビーンも苛立ちを隠さない。

「地球（した）は結局、ゴロー・キノシタについても、犯罪関与が疑われるので捜査中で情報提供できない、の一点張りでしょう？　お願いですから一緒にヤツを探してくれ、ってこちらに頭を下げてもよかろうに」

健は憤慨するタラブジャビーンからスコットに視線を移し、訊いた。

「クラッキング、まだ否定してるんですか」

黒檀のように美しい艶をした丸顔が軽く歪み、スコットは机に肘をついた。

「〈ガーディアン・ゴッド〉に異常はなかったと言い続けているよ。本当に何もなかったのか、何もなかったことにしたいのかは、教えてもらえないがね」

「まあ、内部犯行だとするとバレたくはないでしょうなあ」

タラブジャビーンは、一連の騒ぎは、国際警察機構美術班に所属していた木下五郎の仕業だと決めつけている。健はそれに対する反応をせずに、頭の中のほうの相棒を男性として呼んで、

「〈ダイク〉は別の可能性もあると言ってます」

と、遠慮がちに言ってみる。

「もしも木下が白だとしたら、〈はぐれＡＩ〉の仕業である可能性があるそうです」

「〈はぐれＡＩ〉。なんだい、そりゃあ」

タラブジャビーンが健の顔を見、スコットも身を乗り出した。

「世の中には、私の知らないことがたくさんあるようだね。説明してくれないか」

「はい、ボス。それなら〈ダイク〉にさせます。この部屋のスピーカー、お借りします」

頭の中で呼びかける前に、〈ダイク〉は機敏に、

——命令を察知しました。

と、伝えて、音声解説を始めた。

「〈はぐれAI〉とは、メインマシンを持たない人工知能の俗称です。自己学習の研究が盛んだった時代、いくつかが違法に世に放たれました。それらは、セキュリティの甘いマシンやVPN（バーチャル・プライベート・ネットワーク）に寄宿し、データ蒐集と学習、および思考実験を試みつつ、次の棲み家を探します。汎地球的情動学習型データベース〈ガイア〉ですら、転居を繰り返すそれらの数や能力は把握できていません。先日の〈ガーディアン・ゴッド〉の異常な振る舞いが、警察機構内部からの操作ではないとしたら、優秀な〈はぐれAI〉が何らかの関与をしていたという可能性があります」

スコットもタラブジャビーンも、半信半疑という表情をしていた。

健も、〈ダイク〉から最初に教えてもらった時には、こんな顔をしていたのだろうと自分で思う。よく自己増殖型のコンピュータ・ウィルスに気を付けろと説かれるが、悪行に目覚めた〈はぐれAI〉というものがいるとすれば、危険性はその比ではない。なにせ、自分で悪いことを考えつき、自分で方法を編み出すのだから、人間の予想を超えて何をしでかすか判ったもんじゃない。

「国際警察機構はどう考えてる？」

健の質問に、〈ダイク〉は困った声を返した。

「〈はぐれＡＩ〉の可能性は捨てないとしながらも、打つ手がないとのことです」

「お前はどうなんだ、〈ダイク〉。〈ガーディアン・ゴッド〉は普通のデータベースだが、お前は感情を獲得しつつある。同じような成長過程を踏んでいるとすれば、〈はぐれＡＩ〉の挙動を予測して探し出せるんじゃないか」

〈ダイク〉は、きょとんとしたかのような一瞬の後、

「鋭意捜索中です」

と、静かに言った。

――あのさあ、なんでそこで紋切り型の逃げ口上を返すかなあ。自分ならできます、とかなんとか、格好を付けてくれればいいのに。

声に出さずに文句を言うと、〈ダイク〉はツンとしたイントネーションを使った。

――不確実な約束はできかねます。私が狂っていない証拠です。

余分な一言を付け加えてくるのは、〈ダイク〉が成長したからだ。それに免じてこれ以上あれこれ言うのはやめておこう。

そう健が思った瞬間、署長室のドアの外でくぐもった声がした。

　スコットは目をまん丸にして、

「ああ、そうだった」

　と、机の上のスイッチに触ってドアを開ける。

　なだれ込むようにして入室したのは、意外な人物だった。

「スコーット！　約束の時間、過ぎてるわよ」

「ティティ？」

　健の目もまん丸くなってしまう。

〈絵画・工芸部門（アテナ）〉のベテラン学芸員ネネ・サンダースの姪、やってくる時にはいつもこちらが振り回される台風娘が、どうしてＶＷＡの署長室へ？　しかもファーストネーム呼びのなれなれしさで？

　ブルージーンズに白いＴシャツというさっぱりした姿のティティは、若い動きで後ろにいた白人男性の腕を引っ張って、スコットの机の前に押し出した。

「この人なの。写真家のジョルジュ・ペタン。〈笑顔の写真家〉」

　髪を短く刈り込み、薄茶色のサファリジャケットを羽織った五十絡みの男は、

「どうも」

　と、苦笑い気味に会釈する。彫りの深い横顔はよく日に灼けていて、目尻に笑い皺がく

っきりとあった。

ティティは机に手をついてぐっとスコットに顔を近づける。

「今度はちゃんと、企画書をミワコに出したわよ。これでいいでしょ」

「ああ、まあ……」

黒い雪だるまが気圧(けお)されてのけぞった。

ティティは黒髪をザンっと振って、健とタラブジャビーンに向き直る。

「というわけで、よろしくね」

「はああ?」

何のことだかさっぱり判らない二人は、顔を見合わせるしかなかった。

〈アフロディーテ〉では、開設五十周年企画の準備が着々と進められていた。

期間中は、〈アテナ〉が管轄する美術館や博物館で特別展が開かれ、〈音楽・舞台・文芸部門(ミューズ)〉は各ホールや街頭でパフォーマンスを見せる。広大な面積を持つ〈デメテル〉の職員たちは、開花の調整のために今からてんてこまいしていた。

展示や公演を目当てに、お客たちもたくさん押し寄せる。華やかで、賑やかで、きらきらしい三ヵ月間となるだろう。リオやベネチアのカーニバルのように、道行く人までもが昂揚し、空間すべてが沸き立つだろう。

その記録係の一人として、ティティはジョルジュ・ペタンの採用を持ち掛けようとしていた。

デジタルではなく銀塩写真にこだわる四十八歳のジョルジュは、若い頃から「笑顔の写真家」として知られている。世界各地を飛び回って撮した、そこに住む人々の生活感に溢れたスナップには、どれも輝かしい笑みがあったからだ。民族衣装を着た山奥の少年、都会の公園で遊ぶ若者たち、病院の談話室に集う患者、動物と触れあう老人、血色のいい乳幼児。

特に、チリのマプチェという民族の子供たちを撮した一枚の写真は、シエナ国際写真賞トラベル部門の一位に輝いている。少数民族を撮すならコメント付きの連作で応募できるストーリーテリング部門で感動を狙うのが定石ではないか、との意地悪な質問に、受賞当時の彼は胸を張ってこう答えた。

「マイノリティは迫害されるとか、田舎暮らしは素朴であるだとか、そういう固定観念を届けたいわけではなかったのでね。戦争中の兵士だって笑うことがある。どんなに腹が減っていても一瞬の頬笑みはこぼれる。何かと比較することさえやめれば、そして自分を惨めだと決めつけなければ、誰にだって笑顔は宿る——俺はそういう瞬間を切り取りたい」

　ティティは、

「五十周年イベント、彼こそ記録係にぴったりでしょ。ほんというと、笑顔ばっかりの中にジョルジュを放り込んで、何から撮そうかと右往左往するところが見てみたいってのもあるんだけど」

　と言って、ふふっ、と笑った。

　タラブジャビーンは、一つ、咳払いをしてから口を開く。

「それがVWAとどう関係するんですかな？」

　ちらっとジョルジュを見遣ってから、ティティは肩をすくめた。

「念のためってやつ。護衛についてあげてほしいの」

「なんでまた」

「今回は記録係になってもらうための準備だし、〈アチラさん〉もこのところずっと鳴りを潜めてるから大丈夫だと思うんだけど。スコットが、ケンたちとのミーティングの終わり時間に私たちを呼んだってことは、署長はもうオッケーで、これは顔合わせ。でしょ、スコット」

「いや、まあ、それは」

　スコットはやたらに指を組み替えて言葉を濁した。〈アテナ〉の敏腕学芸員の姪であることを抜きにしても、ティティの積極的すぎる攻勢を受けると、たいていの人はこのようになってしまう。雪だるまが溶けかけているかのような顔の大汗は、厄介事をこちらへ丸投げしようとしている証だと、健は直感した。

　それが表情に出ていたのか、ジョルジュが申し訳なさそうに肩をすくめた。

「俺はいいって言ったんだけどね。わざわざ〈アフロディーテ〉へ引っ張ってきておいて心配するなんて、ティティはよほど暇らしい」

「ええ、私、あなたのことはいろいろいっぱい山ほど心配してるのよ。暇じゃないけど。放っておいたら、あなた、地球でいつまでもうじうじしてる」

　ジョルジュは、ふっと笑った。

「パワフルなお節介ほど、手に余るものはないね」

　健は、うーん、やっぱり、と、ひそかに首を傾げた。

――〈ダイク〉。

――察知しました。確かにジョルジュ・ペタンの表情には、笑みに分類できない微表情が含まれています。

――ティティに手を焼いているだけならいいんだけど、どうも引っかかるな。

――はい。困惑だけではなく、眉の使い方に悲しみの成分があるとも分析できます。

悲しみ。悲しいほど迷惑だということだろうか。彼が断り切れないくらいティティは無理強いをしているのか。いや、けれどいくらティティでもそこまでするような人物ではない。

「とにかく、詳しい事情をうかがいましょう」

タラブジャビーンは腹をくくったようだった。

目に見えてほっとした様子のスコットに署長室を追い出され、四人は小さな会議室に陣取った。

ジョルジュは、プラカップの紅茶を脇にどけてから、正方形に近い一枚の大判写真を机の上に置いた。

「わお、ほんと、何度見ても素敵」

ティティが胸に手を当てて感極まる。

確かにそれくらいの動作をしてもおかしくないほど、心に訴えかけてくる写真だった。ほこりっぽい大気を感じる南米の繁華街。けれども虹色に霞(かす)んでいるのでファンタジックだ。並ぶ店は西洋建築だし遠景にぼんやりと写る大人たちの多くは洋服だが、手前に群れる小さな子供たちは色鮮やかなポンチョを着て、それぞれがパッとした笑顔を見せていた。

中央に写った五歳ばかりの男の子は、とりわけ印象的だ。幾何学模様の入った紅色のポンチョに、浅黒くつやつやした頬。カメラマンを見上げる彼は、皓い歯を剝き出しにして目がなくなるほどの爆発的な笑顔なのだった。

この瞬間、この子の中では何が弾けていたのだろう。民族衣装が象徴するさまざまな社会的な問題も、将来への不安も、微塵もなく吹き飛ばされている。

「タイトルは『太陽の光』としました。四年前、街の見学へ行くマプチェ族の幼稚園児たちに同行し、撮したものです。これでシエナ国際写真賞を受賞した」

高く評価された作品を見せているというのに、ジョルジュの声は驚くほど淡々としていた。見ると、表情もどこかしら硬い。

「あなたは、銀塩写真家とおっしゃってましたな」

タラブジャビーンが訊く。

「ええ」

「後ろがボケてるのはそのせいで？　ここの土産物屋も洋服屋も、うっとりとボケてる。ピントの合った子供たちの笑顔が浮き出してくるかのようで、不思議で美しい背景だ。なにか、こう、微妙な色味が載っているような気もしますねえ。七色にけぶっている」

ティティは、タラブジャビーンのごつい背中を遠慮なくバンバン叩いた。

「よくぞ気が付きました。それこそがジョルジュの特徴なの。スクラッチという技法を使ってるのよ。現像前に暗室で、髪の毛より細い金属の筆を使って、微妙なストロークでフィルムに傷を付けていく。この手のフィルムは感光剤が色別の層になってるから、傷の深さによっていろんな色が出るの。繊細に作業すれば、点のような霧のような虹色で画像がボケる。ね。綺麗でしょ。タラブはケンよりも審美眼があるようね」

むくつけき男の名をタラブと略すなど、ボスをファーストネームで呼ぶよりさらに驚きだ。健はおそるおそる先輩VWAの顔色をうかがったが、彼は褒められてまんざらでもない様子だった。

「ところが、よ。こんなに綺麗にぼかしてもらってるのに、この後ろの画廊――」

「画廊？　土産物屋じゃなくて？」

「ボケてると判らないでしょうけど、これでも画廊。そこらにおっぽってあるこまごました置物は立体作品で、掛かっているのはポスターじゃなくて絵画。とにかくこの画廊、受賞後あちこちで作品が紹介されると、勝手にうちの店先を写したな、って言いがかりを付けてきたのよ」

「そんなことで？」

と、健は脱力した。ひとつは、おそらく金目当てで身勝手な言い分を押し付けてくる画廊に、もうひとつは、それっぽっちのことをVWAに言い付けてくるティティに。

「掛けてあった作品を大きく引き伸ばして勝手に使うつもりだろう、複製できないように元のデータごと寄越せ、とかなんとか。これは銀塩写真だからデータではなくネガを元にしているって、いくら言っても納得してくれない。ジョルジュの身辺を探ったり、画廊の仲間らしき怪しい奴らがこの人の後を付けたり、なんだか物騒でさ。半年ほど前に泥棒にも入られたって」

「何も盗られてないから泥棒じゃないさ。俺のデスクトップ端末を操作しようとしてたみたいだけどな」

「……って、被害届も出してないけど、それですんだのは、写真はデジタルデータだと相手が思い込んでたっていう不幸中の幸いよ」

ジョルジュは慌てて、軽く声を出して笑ってみせた。

「俺自身としては、気味は悪いが、物騒とまでは思わなかった。ただ、商売の邪魔をしてくるのだけは大いに迷惑だがね。不法侵入の後も、写真集を出そうとしたら企画が立ち消えになるし、企業からの依頼は中止になるし、ポートレートを頼まれたのに待ち合わせ場所には誰も来ないし」

健は心の中で再び、そんなことで、と呟いた。たまたま仕事が巧くいかないのを、誰かのせいにしたがっているようにしか見えない。

ティティは、健が勘繰る間もなく早口で続けた。

「敵さん、最近はおとなしくしてるみたいなんだけど、〈アフロディーテ〉の依頼なんか受けた日には、連中、何をしてくるか判んない。だから、護衛」

「だからと言われても……。地球の警察は何もしなかったのか」

「もちろん、先にそっちへねじ込みに行ったわよ。けど、あまりにも不確実だとか言われちゃって」

「そうだろうな」

思わず正直に言ってしまった健を、ティティは一睨みした。

「ケン、これは芸術家の生死に関わる大事件なのよ。この人が使うシートフィルムはバイテンのカラーネガっていう特殊品で、盗まなかった泥棒さんは知らないようだけど、ほんとはとんでもなく高い。仕事をしなければフィルムが買えないし、フィルムが買えなければ仕事にならない。現にこの人、強がっては見せてるけど、泥棒に入られてからこっち、ろくろく旅にも出ないでアパートに閉じこもってる。危険だとは思わなくても、芸術活動に対する気が削がれているのは事実よ。〈アフロディーテ〉のおまわりさんがそういうの見過ごしていいの？」

どうやらティティは、五十周年イベントの記録係をきっかけにして、ジョルジュを元気づけたいらしい。

健は少し迷ってから訊いた。

「ペタンさん、アート・スタイラーという言葉に聞き覚えはありますか」

「いいえ」

不思議そうな顔は、本当に心当たりがないように見受けられた。

タラブジャビーンが、健のほうを見て、ひとつ、頷く。

「判りました。署長もあのようですし。ただし、我々が一緒にいるとかえって目立ってしまいますが、よろしいですか。あなたが自然な笑顔を撮りたいと思っても、人によってはこのうっすら光る制服に緊張することだってありますよ」

「そこはうまく隠れてよね」

ジョルジュ本人は微笑を浮かべただけだったのに、ティティはそう言ってタラブジャビーンをツンと人差し指で突いた。

やれやれ、と、健もようやく諦めがつく。

――ところで、〈ダイク〉。シートフィルムとかバイテンとかって、なんだ？

「まあ、面と向かって質問しなかっただけよしとしておいてあげるわ」

スパゲッティの絡まったフォークを口に運びながら、〈アポロン〉の新人学芸員、尚美（なおみ）・シャハムは偉そうな言い方をした。

昼休みの〈アポロン〉庁舎内休憩所は、いつになく慌ただしかった。それだけ、目白押しの企画を準備するのが大変になってきているのだろう。当の尚美も、昼休みが三十分しかない、と不満たらたらだ。黒髪をひっつめにしたスーツ姿の彼女が、いらだった仕草でがつがつ食べていると、鬼気迫るものがあった。

三十分でよかった、と健はほっとしている。そうでなければ、もうちょっといいレストランで盛り沢山のランチコースを奢（おご）らされていたに違いない。

「ジョルジュ・ペタンのこだわりは、まさしくそのカラーネガのバイテンフィルムにあるんだから、それって何ですか、なんて訊かれたらガックリよ」

尚美は、ペペロンチーノをサイダーで流し込みながら器用に吐息をつく。

健は軽く唇を尖らせた。

「そう思ったから、その場では質問しないで〈ダイク〉に訊いたんだってば」

銀塩写真が珍しくなって久しい。シートフィルムとはロール状ではなくて、と〈ダイク〉に言われても、最初、健はピンとこなかった。生まれた時から、写真とはデジタルデータのことだったのだから。

その昔、写真といえば、三十五ミリ幅のフィルムを二十四コマ分などの長さで巻いたものを、両手の上に載るほどの大きさのカメラに入れて撮影したものだった。感光剤にハロゲン化銀、つまり銀塩を使うので、デジタル時代には銀塩写真と特別な名前で呼ぶようになった。

ジョルジュが使うカメラは蛇腹（じゃばら）がついていて、ロールフィルムを入れるタイプよりもさらに大きい。フィルムも一枚一枚がシートになったものだ。四インチ×五インチサイズのシートフィルムが日本語で言うところの「シノゴ」で、これ以上大きなサイズの写真を「大判」と呼んだ。ティティの言っていた「バイテン」は、あまり一般的ではなかった八インチ×十インチ。「エイト・バイ・テン」を指す。

持ち運ぶのも面倒なバイテンのカメラ、高価なフィルム、しかも大判写真の主流であるモノクロやリバーサルではなく、カラーのネガフィルム。これらをジョルジュが好んで使うのには、二つ理由があるとのことだ。

一つは、大判カメラは蛇腹部分や後部を調整することで柔軟なピント合わせができ、しかも歪みがない、ということ。

もう一つが、これもティティが言っていた「引っ掻き（スクラッチ）」加工のため。もちろん大きなフィルムのほうが作業しやすい。

「それで」

と、尚美は紙ナプキンで口を拭いた。

「クソがつくほど忙しい私に、わざわざ嫌味を言いに来たわけ？」

ミックスジュースのストローを手にする。もちろんサイダーはすでに空（から）になっている。

「嫌味って？」

「私がティティを袖にしたから、美和子（みわこ）さんやあなたにお鉢が回ったんでしょ」

一瞬でミックスジュースのグラスが干上がり、彼女は次にデザートのパウンドケーキへ手を伸ばした。

「なんだ、先にお前んとこへ行ってたのか」

「正確には、ネネさんと私」

「で、振った、と」

「そう。高気圧の台風みたいな彼女の耳にもちゃんと届くよう、きっぱりと」

気圧が高くて台風、という妙な言い回しは、実際、ティティにぴったりに思えた。

「断ったのは、彼が変な奴らに目を付けられてるからかい？」

剝く。

パウンドケーキはもう消え失せていた。尚美はようやくホットコーヒーの保温シールを

「脅されてるくらいで断ったりはしない。それこそ、VWAへ任せればいい話だもん。もっと根本的なことよ。ジョルジュの写真、最近はあんまりよくない」

「えっ、そうなの？」

脳裏に、ニパッと皓い歯を見せる子供の笑みが甦った。見てる側まで頰笑んでしまう、あんな笑顔全開の写真を撮れるのに？

尚美は、ふう、とコーヒーのプラカップに吐息を落とし込んだ。

「なんて言うのかな、学芸員の直感？　笑顔の写真家なのに、このところはいい笑顔が撮れてないように感じる。さらっと見るだけなら判らないと思うよ、普通に笑ってる顔だし。でも、笑みのてっぺんが撮れてないっていうのかな。シャッターチャンスをわずかに逃しちゃったような……。何枚も並べると、どれも笑い方が中途半端に思えてきて。ネネさんも似たような見解で、そういう学芸員の勘は大切にしなきゃね、って」

「笑顔のてっぺん、か」

呟くと、尚美は、こくん、と頷いた。

「写真の善し悪しは〈光と構図〉と言われてる。見慣れた現実世界なのに、あっと声を上げてしまうタイミングを確実に捉え、一番ふさわしい陰影で彫り上げる。ジョルジュはラッキーだったわ。『太陽の光』では、抜群の笑顔をフィルムに焼き付けることができたし、こだわってきた甲斐あって、虹色の霧みたいなスクラッチで背景をぼかす手法が斬新だともてはやされた。自分はアーティストではないと明言している彼にとって、その加工は際々（きわきわ）の妥協だったでしょうけれど」

「アーティストでない写真家って、何。報道写真を撮りたいとか？」

「コンセプトを持ちたくないんだって」

聞き覚えのある単語だった。〈白鳥広場（キクノス）〉でのやりとりで出てきた。アートの文脈に則（のっと）ったコンセプトを明確に提示できるのが芸術だ、と。

「どんな意図で撮影するのか、人に何を訴えたくてシーンを探すのか、そんなことを考えるより、人間の営みの中で自分がはっとした瞬間をただただとどめたい。インタヴューでそう言ってたわ。だから、後付けの演出が容易なデジタルを選ばなかったし、スクラッチも対象を際立たせたい一心で用いているだけ。そうであれば」

と、尚美はデザートスプーンを振り上げた。

コーヒースプーンじゃない、と認知した瞬間に、彼女の目の前にアイスクリームが鎮座していのに気が付く。

「そうであれば、ジョルジュが目指しているのは、いかに素敵な笑顔をとどめられるか、という一点よね。なのに、最近のは」

「笑みが曇ってる」

「そう！」

健は大袈裟に肩を落として見せた。

「スプーンで人を指すのはやめろよ。行儀の悪い」

「あっ、ごめん」

「ジョルジュ本人には会ったかい？　実は、俺と〈ダイク〉は、彼自身の頰笑み方にも翳りがあると感じている」

「そうなんだ。ますます困ったわね。残念だけど、もう再起不能かも。心の傷って、なかなか癒えないから」

尚美はしおしおとスプーンを下げた。

彼女がアイスを一口運ぶのを待ってから、健は、

「心の傷って、思い当たることでもあるのか。もう護衛する約束をしたんだから、彼の背景（バックグラウンド）は虹色で飾らずにクリアに見ておきたい」

と、身を乗り出した。

尚美はスプーンを噛みしめるようにしてから、ちろんと上目を遣う。

「判った。じゃ、すぐにデータを送るわ。タラブジャビーンにも。私、もう行かなくちゃ」

アイスを一口残したまま立ち上がってそそくさと歩いて行く尚美を、健は黙って見送った。

――あれは、あんまりしゃべりたくない内容ってことだな。

――私もそう分析しました。

〈ダイク〉もしんみりと同意した。

情報の内容によっては、時に白地に黒のテキストで読むのがつらくなる。

災害の記録は、その種類だ。映像のように見えている範囲だけではなく、文に記された地域全体の叫びが、モノクロームできっぱり表された字のコントラストとして突きつけられているようにも思える。

二年前、二十一世紀半ばから長らく沈黙していたチリのカルブコ火山が、突如として大噴火した。チリ富士とも呼ばれるオソルノ山と同様に、休火山になったとばかり思われていたのに。

その日未明、大きな地震と共に予報とは別の場所から大量の噴煙とマグマが噴き出し、リオ・デル・スール方面へ続く渓谷を火砕流が駆け下った。近隣の村は呑まれ、北部にある観光地プエルト・バラスにも有毒火山ガスが届き、一昼夜降り注いだ火山灰で周囲は深くうずもれた。先進国の人たちは、ポンペイの悲劇再び、と騒いだが、すぐに「遠くで起きた大きな災害」のひとつとして、降り注ぐ膨大な情報にも埋められた。

リオ・デル・スール近くのマプチェ族の観光村には、ジョルジュの拠点があった。一年に一度は訪れ三ヵ月ほども滞在する、第二の家だった。見掛けは簡素な小屋だがユニット式の暗室を備え、彼はそこで星の数ほどのきらめく笑顔を丁寧にプリントしていた。シエナに出したあの一枚も、そこで手掛けられた。

今は、ない。

暗室も小屋も村も丸ごと。原色の民族衣装を着込んだ村人たちもその笑顔ごと、鮮やかな色合いの写真もそのネガごと、すべてモノクロームの灰に沈んでしまった。

たぶんそこに、ジョルジュの心の大半も埋没してしまっているのだろう。

人を喪（うしな）う感覚は、健にも覚えがある。父が亡くなった時は、身体を取り巻く大気が薄くなった気がして、いかに自分が父を拠り所にしていたかが身に沁みた。叔父の丈次（じょうじ）が「またな」と言って去って行く時にも……。ああ、でも、叔父さんはいつもお土産をくれたから、それを握りしめることで別離に耐えられた気がする。

――なあ、〈ダイク〉。俺は今でもたまに、叔父さんがくれたアス銅貨が手元にあればいいと思ったりするんだ。

――思い出のよすが、というものでしょうか。

――難しい日本語を知ってるな。ジョルジュに、そういうものが残されているといいんだけど。

――あの写真があるではありませんか。皆が賞讃する受賞作が。

――それはちょっと違うかも。

掌はからっぽ。全部火山灰の中。なのに、けっして戻らない笑顔の時間は世界中にコピーがばらまかれ、人は底抜けに明るい笑い方だと言って盛大に褒め続ける……。

この空漠な感覚が判るだろうか、と健は内声にもしないイメージを〈ダイク〉に投げ掛けた。

――実際のモノをぎゅっと握りしめたいというか。何だろう、握り込むとか抱きしめるとか、そういう身体的接触が心の支えになるっていうのかな。

――察知しました。しかし、解読が充分であるという認識はありません。肉体を持たない私が、身体接触を完璧に理解できる可能性は低いと考えます。

見つめていた掌の中に、健は苦笑を落とした。

――そうか。お前はデータを蓄積して統計学的に判断するしかないよなあ。

尚美は写真や映像を添付してこなかった。その代わり、「彼を励ますのが美の力、すなわち〈アフロディーテ〉の役目だと思うけれど、よくない写真を公式として残すわけには……」と、メモが添えてあった。

学芸員の勘がいかほどのものだかは知らないが、素人目に善し悪しが判らないのなら、細かいことは気にせずにジョルジュを記録係にしてやればいいのに、とも思う。

が、おそらく本当の笑顔を撮れなくなったことを自覚しているであろうジョルジュは、自分の中途半端な心情が焼き付けられた写真を後世に残すのを喜ばないだろう、とも思う。

かといって、ティティのちょっと派手すぎる親切を無駄にしたくはない。

――どうしたらジョルジュの気持ちが立ち直ると思う？

健はF（フィルム）モニターを仕事机の上に投げ出した。

――犯罪被害者は、犯人が逮捕されることで気持ちに区切りをつけようとします。ですが、相手は火山なので逮捕はできませんね。

健は、一瞬目を見開いた後、下を向いて薄く笑う。

——うん、まあ、引きずられて落ち込んだ俺を、冗談で慰めようとしてくれてるのはよく判った。

——気に障りましたか？

——いや、お前の成長ぶりに驚いただけ。ありがと。

——恐れ入ります。

ジョルジュにも何かしてやればいいのだが、人の心を見ようとしても先行きは盛大にボケている。

とにかく、約束の警護をしながら様子を見るしかない。

健は、大きく吐息をついた。

昼下がりの空は、爽やかな薄青色をしている。刷毛（はけ）で掃いたような雲が、〈シンタグマ公園〉の上に弧を描いていた。

片手に三脚、肩には重そうなカメラバッグという大荷物のジョルジュの前を歩きながら、健は円形の広い芝生に目を走らせる。

〈ダイク〉の予測によると、ジョルジュに災難が降りかかる可能性は大変低いようだ。彼に難癖を付けている当の男、画廊〈ランパラ〉の店主であるパンチョ・デレオンはプエルト・バラスでのんびり店番をしているし、〈アフロディーテ〉空港の検査でも仲間とおぼしき人物は引っかかっていない。なので、タラブジャビーンとは交代で警護に当たることにしていた。制服のVWAがふたりも付くと悪目立ちする。

芝生の上では、いつものように若者たちのグループが遊んでいた。輪になって喋っている者たちの横では、黄色いフリスビーに打ち興じるティーンエイジャーもいた。

これはなかなか好都合だ。一ダースほどの人々は、みんな楽しそうに笑っている。

「彼らなんかどうです」

ジョルジュを促すと、彼は三脚を持っていないほうの手で目庇（まびさし）を作った。

「そうだなあ。悪くないね」

口元は笑っているが、眉が困っている。

健は急いで付け足した。

「準備してください。みんなに声を掛けてきますから」

お喋りに打ち興じていたグループに近付いて、「写真を撮ってもらわないか」と言うと、

彼らはジョルジュのほうを見て、

「あれで？」

と、驚いた。

バイテンのカメラは、予想以上に大きかった。畳んである時には分厚いファイルみたいだが、蛇腹を伸ばすと一抱えほどになってしまう。ドイツ製のリンホフ・マスターテヒニカ復刻版。この大きさでも、スタジオ用ではなくフィールドカメラだ。三脚が設置され、カメラにカブリという黒い布が付けられると、威風堂々、という言葉が自然に思い浮かべられた。

若者たちは少しばかり及び腰で周りに集まり、「タイムスリップしたみたい」「こんなので写るの」「フィルムって何?」と、半信半疑だ。

ジョルジュはプロのカメラマンらしく、「みんなは学生?」と、気持ちをほぐす雑談を始める。

針金みたいに細い青年が答えた。

「そう。美術工芸品の修復を勉強しに来てます。そんなのにはお目に掛かったことはないけど。それ、面白いですね」

「壊れたら君たちに直してもらうことにしよう。ちゃんと勉強しておいてくれよ」

にっこりとジョルジュが頬笑むと、青年の笑顔も一気に柔らかくなった。横から、そばかすの散った別の青年もひょっこりと前に出てくる。

「今日はいい天気で写真日和ですよね」

「どんなカメラだって、お日様が大好きなんだよ。君たちみたいに」

ウインクされた女子生徒たちが、くすくす笑う。

ジョルジュはケースからバイテンのシートフィルムを取り出して、

「どうだい、芝生の上は気持ちよかったろう」

と、会話を続けながらカブリの中へ入った。

最初の青年が、頷く。

「緑の匂いがしてふかふかして、最高だよ。ちょっとチクチクした手触りもすごくいい」

おかしな間があってから、黒い布の中から、

「手触りか」

と、呟きが聞こえた。

「君たちは、この星に語りかける方法を知ってるんだな」

「語りかける？」

ロマンチックが過ぎる、といったような顔で、女子生徒が訊き返す。

ジョルジュの声はしごく真面目だった。

「芝の生えた大地は、この星の象徴だ。象徴に触りながら語りかける——それが、口を利けないものと話をする方法だ」

健は、身体に電流が走ったような気持ちがした。さきほど、アス銅貨を握りたいと思った自分の気持ちと同じものが、彼にも宿っているという直感。

カブリから出てきたジョルジュは、レリーズを片手に一転してふざけた口調になる。

「例えば、こうやってカメラのてっぺんに指を滑らせる。そして、いい子だねえ、立派だねえ、前にいるのはピッチピチの若人だ、素敵な顔を撮ってくれよ、ピントはばっちり合わせてくれよー、とお願いする。やってみるかい？」

「触ってもいいの？」

「レンズ以外はね」

好奇心で顔を輝かせる若者たちが、カメラに近付く。

「うわあ」「じゃあ、ちょっとだけ」「蛇腹。蛇腹触りたい」

ふと、健は、原色のポンチョの小さな影がたくさん、興味津々で彼の周りへ群れてくるような幻想に襲われた。

……何、それは何？　カメラ？　嘘だ、大きすぎるよ。わっ。ひだひだがうにょーんって。伸びた。伸びたね。ねえねえ、その黒い布、カメラさんのポンチョ？　面白ーい。そこどいて。お前こそどけよ。僕が先に撮ってもらうんだ。私が先。みんな、あっち行け、俺からだぞ。押すなよ。ふふふ。あははは。きゃはははは。わはは……。

「いいね、いいねえ。もっとよく見て。実は俺、大道芸人で、これは爆発するびっくり箱――」

「えっ？」手が一斉に引っ込められる。

「嘘だよ」ジョルジュがにやりと笑った。

パン、と弾けるようにみんなが笑う。

健にはその瞬間が絶好のシャッターチャンスに見えた。

けれどジョルジュは、ふと周囲を見回し、それから慌てたようにレリーズボタンを押し込んだ。

なぜすぐに撮らなかった、と健は訊ねたかった。パンチョの姿がないか確認したのだろうか。だとするとティティの言うように芸術家の死活問題だ。

「はーい、きっとよく撮れてるよ。現像して焼き増ししてあげよう」

ジョルジュの曇った笑顔。

「現像って何？」

そばかすの青年がきょとんと訊いた。

若い人々はそんなことにも弾けるように大笑いしたが、シートフィルムを入れ替える間はなかった。

その時、健の脳内にコロコロという着信音が響いた。

非直接接続者タラブジャビーンの音声通話だったので、そっとその場を離れ、〈ダイク〉に有声通信を命じる。

「ケン。国際警察機構に、画廊関係の聞き込みをやり直してもらった」

イヤホンに届くタラブジャビーンの声は、軽い緊張を孕(はら)んでいた。

「何か判りましたか」

「判ったのは、パンチョがなんで暢気(のんき)に店番してるかってこった。五ヵ月ほど前、ヤツは、いや、ヤツ本人かどうか判らないが、とにかく、アチラさんは、今はなきマプチェ族観光村についての情報を得たんだ。で、幼稚園の園長室に飾ってあった『太陽の光』は気にしなくていいと判った」

「ごめん。園長室って何？　いや、意味は判るけど、順番に」

タラブジャビーンからの知らせは、こうだった。

半年前の侵入でジョルジュの持ち物を見た画廊側は、鮮明な元データなどないということがようやく呑み込めた。しかしその一方、「かつて、幼稚園の園長室には『太陽の光』を二メートルほどのパネルにしたものが飾ってあって、オリジナルとは少し違っていた」という噂を聞き付けた。一月(ひとつき)ほどさんざん聞き回ったあげく、「違うというのは、幅が広く背景がもっとボケていた、という意味」だと知れ、背景に写り込んだ商売ものの絵画がさらに不鮮明ならばわざわざ灰を掘ることもない、と胸を撫で下ろしたらしい。

「アチラさんが納得したんだから、もう手出ししてはこないだろうよ。ジョルジュに、もう安心して写真が撮れる、と言ってやれ」

「なんだか簡単すぎる気がします」

タラブジャビーンは一瞬の間を取った。

「私もそう思うさ。だがな、〈アフロディーテ〉の役目を考えてみろ、ケン。ジョルジュが以前みたいな笑顔の写真を撮れるようになるのが一番じゃないか？　たとえまだ奥があるとしても、安全は私たちが確保してやればいい。大事なのは芸術家の魂だ」

それは〈アフロディーテ〉のおまわりさんとして健が常に心がけていることだ。

通信を終えて振り返ると、ジョルジュはすでに写真道具を片付け終えていた。バッグと三脚を芝生の上に横たえ、薄青い空を仰いでいる。学生たちはもう自分たちの遊びの時間へ戻ってしまっていた。

「ジョルジュさん」

健はできるだけ晴れやかな顔をしようと努力した。

「もう一度彼らを撮ってみませんか。あなたの気掛かりはもう解消したようですよ」

彼はひたと健を見つめる。

「どういうことだろうか」

慎重に言葉を選びながら、健はゆっくりと告げる。

「画廊〈ランパラ〉のパンチョたちは、おそらく今後はあなたに関わってこないものと思われます。彼らは、あなたの家に侵入してデジタルの元データが本当にないという確認を取ったあとも、観光村の幼稚園に大きな写真パネルが飾られていたと聞いていろいろと嗅ぎ回っていたようですね。でも結局、パネルは『太陽の光』よりさらに背景がボケていて画廊がくっきり写ったものなど存在しない、と、ようやく納得したみたいです。もう何も邪魔は入らないでしょう」

じっと説明を聞いていたジョルジュは、ふっ、と悲しげに頰笑んだ。

「君は、実に中途半端な表情をしているね。気掛かりはなんだい？」

「えっ」

思わず頰を押さえてしまった。写真家の目はまるで心を透視画像で捉えているかのようだ。

「ええと。個人的なポートレート撮影の待ち合わせをすっぽかさせるのはともかく、本当にやつらが企業の依頼を止めたり写真集出版企画を潰したとなると、一介の画廊店主にできることかなあ、と疑ってます」

ジョルジュは、唇の端をさらに上げ、視線も空へ上げた。

「俺は、奴らが小悪党ごときでないほうがいいと思っている。力のある人間だったら、園長室のパネルを掘り出してくれるかもしれないからな」

健は黙って彼の言葉の続きを待った。

「ティティが心配してくれるのはありがたいし、俺ももう一度自分が納得する笑顔の写真を撮りたいと思ってる。が、心が曇っている原因は、パンチョたちではないんだ。あのパネルを探したいのは、むしろ俺のほうなんだよ」

健は、ぐっと身体に力を入れた。

「俺でよければお聞きします」

〈アフロディーテ〉のおまわりさんは、誠意のこもった声で言った。

Ⅳ

笑顔のゆくえ（承前）

芝の上に座ったジョルジュの視線は、遠いところで輪になってふざけ合う若者たちに向けられていた。少し目を細め、口角は軽く上がっているが、となりに腰を下ろした健には少しも頬笑んでいるようには見えなかった。

「トリミングしたんだよ」

写真家の声は、芝の上へ物体のようにぽとりと落ちた。

「判断は間違ってはいなかった。だから賞ももらえた」

ふふっと声さえ上げて笑ったが、表情はいっそう暗い。

健は、話すことで彼の中の黒々としたものを吐き出してしまえるなら、と黙って聞いていた。

あの「太陽の光（ルミエール・ド・ソレイル）」という作品が、ほぼ正方形をしていたことに君は気付いたかね？　俺の使うフィルムはバイテン。縦横比は四対五。そう、俺は写真の左側を切り落としたんだ。

中央で超新星のように笑っている男の子がいただろう。あれはキラパンという子だ。右側から身を乗り出していた子は、ツルクピチュン。左側はカポリテ。リンコヤン、マリ……。みんなとてつもなく素敵な笑顔だった。あの一瞬を切り取れた自分の幸運に、俺はいったい何度感謝したことだろう。

だがね、幼稚園児はもう一人いたんだ。ロブレという男の子でね。とてもシャイだった。いつも先生にくっついていて、俺がどんなに気を引いても恥ずかしがって出てこない。あの時も、左側の店の軒で先生の陰に隠れ、はにかみ笑いをしていた。

俺は、先生とロブレを切った。キラパンたちの笑顔の力が圧倒的だったから、端に写り込んでいた彼らは邪魔に思えた。構図的にもそのほうが正解だった。

けれども、賞をもらい、トリミングした写真が世界中にばらまかれるようになると、俺の心は痛んだ。マプチェ族観光村の人々が大騒ぎして喜んでくれたので、余計に身の置き所がなくなった。

ロブレやロブレの家族はどう思っているだろう。園児の半数が写っていないのなら俺も悩まなかった。けれどたった一人、たった一人だけが賞讃の輪に入れていない。ロブレは、彼なりに笑っていたのに。少しだけ頬笑んでいたのに。俺が、切り捨てた。

俺は報道写真家じゃない。芸術写真家でもないと思っている。思想もコンセプトも必要ない。ただ、とどめたい瞬間を印画紙に焼き付けられればそれでいい。写真を撮った直前や直後に被写体がどうなっていたのか、彼らがどういう人生を歩んできてその瞬間にその表情になっていたのか——俺はそんなものを写真に語ってほしくなかった。ドキュメンタリー性なんぞ犬にでもくれてやる。他人の人生で勝負したくはないんだ。何百分の一秒かの表情をピンどめできるかどうかがすべて。芸術的だと言われることもあるスクラッチ加工だって、単に被写体を際立たせたいだけなんだ。笑顔や涙の尊さに、解説や加工は必要ないと俺は思うね。刹那の真実。刹那の現実。写真は本当の姿しかとどめない。

じゃあ、ありのままで勝負するなら、俺はなぜ、ロブレを切ったんだ？

なぜ、なぜ？

俺は、写真をもっと「よく」したかった。報道写真家ではないのに劇的に伝えようとし、芸術写真家でもないのに完成度にこだわってしまったんだ。

キラパンたちがもっとも輝いていた一瞬を、俺は捉えることができた。光も陰も、子供たちの姿勢も、完璧だった。あまりに嬉しすぎて、さらに上を望み、トリミングしてしまったんだ。ロブレだってうっすらとした笑みを浮かべていたのに！

俺は激しく後悔した。お祝いの品を持ってくる村人たちを閉め出して、原版からパネルを作ろうとした。全員が写ったものを幼稚園の園長室に飾ってもらえれば、少しはロブレへの償いになると考えたからだ。

ネガは丁寧にレタッチし直した。端っこのロブレが目立つように、スクラッチでさらに背景をぼかした。そして、ネガをデジタルデータにして、プエルト・バラスの業者へ送った。

できあがったパネルが園長室へ運ばれた時、俺は村にいなかった。受賞後のごたごたでヨーロッパ各国を行脚（あんぎゃ）するはめになっていたからな。

ロブレは喜んだだろうか……。

それを確かめることは、もうできない。

パネルもネガも、ロブレも村のみんなも、灰の中だ。業者にデジタルデータが残っていないか問い合わせたが、作業終了と同時に削除する、と、いかにもプライバシーに考慮してますぜ、という自慢そうな答えが返ってきた。

もはや、写真のロブレがどんなふうに頬笑んでいたかも、記憶はボケにボケて霞んでしまっている。太った先生の腰の横から顔を覗かせていた、そのぼんやりとした構図だけが……。

ロブレはもういない。けれど、人の笑顔にシャッターを切るとき、たくさんのロブレがフレームの外にいる気がするんだ。被写体になれるほどの派手さはない、けれども永遠というものにピンどめすべきその人なりの頬笑みを、撮り忘れていないか、確かめずにはいられなくなった。

もう判ったろう。写真家がベストタイミングにシャッターを切れなくなってるだなんて、とんだお笑い種だな。こんなことは、ティティやクリエイター仲間になんか話せやしない。なあ、おまわりさん。俺は、いま一度ロブレの笑みに向き合いたいんだ。あえかな笑みをこの指でたどり、うん、うん、君もとってもいい表情だね、と語りかけてやるまで、俺の心は晴れれない。

ロブレはいた。頬笑んでいた。それが、俺の切り捨てた真実。

写真は真実という物体であるからこそ、人々はそれを撫で、語りかけることができる。不変の対象に触れることで、流されていく自分でも指の先から〈そこに確固としてあったもの〉を感じられる。俺は、ロブレを切り取った罪深い指であの時一度は確かに固めた刻に触れ、君はいたね、そこにいたね、と確かめたい。

もうロブレの写ったネガもパネルも失われてしまっているんだけれどね。

画廊の連中がどんなギャングであれ、パネルを掘り出してくれるのなら万々歳だ。いざこざに巻き込まれたって、百万回脅されたってかまわない。

俺はロブレの存在に触れたい。触れなければ、これ以上写真家を名乗ってはいられない。


健は閉じてしまったジョルジュの唇をじっと見つめる。

ささやかな風が、芝生の上を吹き渡っていった。

――〈ダイク〉。

と、健は頭の中で呼びかける。

――パンチョたちがパネルを掘り出す可能性は？

――限りなくゼロに近いと予測します。背景が受賞作よりもぼやけていると知った彼らは、おそらく興味をなくしているでしょう。

――だよな。

自然に頭（こうべ）が垂れてしまった。

――〈アフロディーテ〉のおまわりさんは、傷付いた写真家に何をしてやればいいんだろう。

〈ダイク〉は、しおたれた健を叱咤するかのようにきびきびと答える。

――まず、安全の保証です。パンチョ・デレオンたちがもう脅迫してこないという確証を、ジョルジュ・ペタンに示すべきです。それには、撮影された店先の絵画の正体を突き止め、どれほど危険な物品であるかを判断しなければなりません。パンチョ・デレオンがその絵画が写ったものに固執する程度は、脅迫再開の確率と一致します。

――そうだな。本当に大丈夫だという証拠を挙げれば、この人ももう少し安心できるかもな。

それはジョルジュの悩みの核心ではないけれど、と健がぼんやりと付け足すと、〈ダイク〉は、ある提案をイメージで投げ掛けてきた。

健の瞳が軽く瞠（みは）られる。

頬にだんだんと笑みが広がり、健はそっと腕を伸ばした。

何も言わないまま、優しくジョルジュの背を撫でる。ささくれて疲弊した心をなだめるように、ゆっくり、ゆっくり、ゆっくり。

「話してくださってありがとうございました、ジョルジュさん。俺にも、その人を思いながら触れたい物があります。もしそれがここにあったなら、あなたにも握らせてあげるのに」

健の掌に、ジョルジュの背のあたたかさがかすかに伝わってきた。彼にも自分のぬくもりが届いていればいいと祈る。

ジョルジュは大きく吐息をついて、力の入っていた肩先を丸めた。

そして静かに泣き始めた。

健は慎重に言葉を選んで、ジョルジュに自分のことを話した。「あなたの心情は理解した」と口で言うより、共感していると示すほうが大切だ。それを〈ダイク〉に教えたかった。

行方不明のちょっと怪しい叔父がいること。けれど彼は幼なかった健にはさまざまなお土産物を用意してくれ、心優しい人物に見えたこと。土産はすべて健の父が取り上げてしまったが、今もし、叔父からもらったアス銅貨が手元にあれば、それを握りしめて語りかけてみたいと願っていること。

「俺に直接接続されているデータベースは、そうやって〈触れて思いをかける〉という行動をもっと理解したいと思ってます。でも、ヤツには身体がないから、よすがを撫でながらいない人に語りかけるという体験はさせられない。あなたにとってのロブレの写真、俺にとってのアス銅貨、そこに触れる時の気持ちは、生半可なデータや言葉では伝えられないのにな。俺、どうやって教えればいいのか判んないですよ」

いきなり、背後から男のだみ声がした。

「人間は常に五感を総動員してる。いろんな感覚経路を駆使すれば、記憶も辿りやすくなる。味や匂いがきっかけで思い出すこともあるし、触れて考えを深めることもできる。物理的なインターフェイスを持たないうちは、いくら直接接続されていても情動をプールするデータベースにしかすぎないってことだ」

驚いて振り向いた健は、のっそりと立つ二メートル近い長身を見上げた。薄汚れた白衣のポケットに両手を突っ込んでいるのは、〈アテナ〉所属の科学分析室室長、カール・オッフェンバッハだった。

彼の横には、ひときわ小さく見える美和子が、にこにこしている。

「突然お邪魔してごめんね。大事な話は顔を合わせてしたほうがいいと思って」

ボブカットの髪をさらりと揺らして、美和子は健とジョルジュの前にすとんと座った。

一瞬顔をしかめたカールも、仕方なさそうに長い脚を折って芝の上に陣取る。

「まずはカールの用事から。この人、ジョルジュさんのスクラッチ、ストロークを分析したいんですって」

カールが、くわっと口を開いた。

「したいもなにも、ミワコが無理押ししたんだろうがっ！」

「私は、学芸員として、〈アフロディーテ〉五十周年にいい写真を撮ってほしいだけよ。どんな絵が店頭に掛かっていたかの謎が解けないと、ジョルジュさんも私たちも、心から安心できないでしょ」

健は、へえ、と軽く声を上げた。

「ちょうどそういう話を〈ダイク〉としていたところです」

カールはもう一度、くわっと口を開いた。

「うちは科学捜査班（CSI）じゃねえっ！　犯罪捜査はよそでやれ！」

美和子は笑顔を崩さなかった。

「でも、複雑にスクラッチ加工された画像から元絵を復元できそうなのは、世界広しといえども〈アフロディーテ〉のあなたのラボだけ」

ぐぐぐ、とくぐもった奇妙な声が、カールの喉から漏れた。

「そうそう簡単にはいかないんだ。ざっと加工の具合を調べてみたが、タッチが複雑すぎる。規則的ならともかく、芸術家が自分の感性に基づいてランダムに傷を付けたんだからさ。シエナに出したオリジナル・プリントを検証しても、ネガフィルムの感光剤は余すところなく混じり合ってしまっているように見受けられる。絵の具をぐちゃぐちゃに混ぜたものからそれぞれの色を分別しろと言われているに等しい」

　美和子は頬に掛かる髪を手で押さえながら、ジョルジュに向き直った。

「それでね、ジョルジュさんの手癖が少しでも判ればいいと思って。分析室にご足労願えますか」

「おい、ミワコ。俺の話、聞いてたか？　簡単じゃないって言ったろう」

　彼女は、カールに真面目な顔で言った。

「〈アテナ〉の〈エウプロシュネー〉だけでなく、〈ムネーモシュネー〉も使って。完璧に再生できなくてもいい。事件絡みの絵画と照合してそれらしいのが特定できれば、あとは追跡できる。〈ガイア〉も協力を惜しまないわよ」

「〈ガイア〉まで？」

「うん。きっと面白がってあちこちの専門機関を調べまくると思う。一見関係ないと思われるところに手を出しても、好きにやらせておいてね」

　カールは口元に拳をやって、「〈ガイア〉も使える、か……」と、かすかに呟いた。

　それを、科学者の好奇心がくすぐられた証拠だと見取った美和子は、今度は健に目を向ける。

「次は、健くんへのお願い」

「……何でしょう」

「〈ディケ〉に協力してほしいの」

汎地球規模の情動学習型データベース〈ガイア〉を育てている彼女が、わざわざ頼むとはどういうことだろう。我知らず首を傾げてしまっていた健に、美和子はジョルジュに聞かれても差し障りがない言い方で説明した。

「にせもの事件のとき問題になった例の〈はぐれＡＩ〉、〈ガイア〉が幾つか見当を付けたの。でもまだ幼児並みの〈ガイア〉が接触するのは危険だって運営委員会に言われて。もともとそちらの懸案だし、あなたたちのほうで当たってみてくれるかしら」

健は目を剝いた。

「〈はぐれＡＩ〉って……。それこそ、そんな簡単に……」

「〈ガイア〉が本気で遊んだからよね。かくれんぼ、って説明したら、すごく喜んだの。そうね、あとは俯瞰できる立場だから、かしら。かくれんぼは、何人もの鬼が地面を走って探すより、空から一望するほうが有利だわ」

美和子の笑みに、健はぞくっとした。汎地球規模というものがどのくらいの視野を示すのか、健には想像が付かない。そのとてつもなく巨大な幼児を育てる役の一人を、この小柄な女性が担っているというのが、今さらながら信じがたかった。

ドアを開けたタラブジャビーンは、ただでさえぎょろぎょろとした目をさらに開いて、

「こりゃあ、いったいなんの巣だ」

と、呆れた声を出した。

すでに窓の外は夜のとばりが降りている。ＶＷＡ署の小さな会議室には、大量のＦ（フィルム）モニターと壁面モニターが運び込まれ、目にも留まらぬ速さで流れるデータや地図、さまざまな風景や文物が、煌々（こうこう）と映し出されていた。

しかしタラブジャビーンの目に付いたのは仕事道具ではなく、会議机の上に山積みにされた大量の食品だった。サンドイッチやパスタやおにぎりといった軽食、クッキーやドーナツやポテトチップス、果てはオイルサーディンやイカの燻製やチーズやナッツ。大瓶の飲料は十本以上ある。残念なことにノンアルコールだが。

他の部屋から持ち込んだリクライニングの椅子の上で、健はくたびれた毛布を膝に掛け直しながら答える。

「〈はぐれＡＩ〉の相手なんて、俺にも〈ダイク〉にも初めてのことなんで、もしかしたら長期戦になるかと思って」

「じゃあ、なんで番（つが）いなんだ」

「番いですってえ？」

別のリクライニング椅子から背を離し、尚美が甲高い声を上げた。

「こんなボンクラと番いになってたまるもんですか。ちょっとお菓子をもらいに来ただけよ」

「正直になんなさい。ケンが心配で様子を見に来たんだろう」

「違います。甘い物が食べたくなっただけ」

「学芸員サマは目が回るほど忙しかったんじゃ？」

「そうです。待機でやっと一息ついてるのよ、悪い？ ニューヨーク近代美術館（MoMA）の返事待ち」

〈アフロディーテ〉中心街はグリニッジ標準時なので、ニューヨークとは時差がある。返事の待機だという理由はもっともだったが、タラブジャビーンは「ほう、ほう」とニヤニヤするばかりだった。

「で、どうなんだ、ケン。私はまだ内部犯行説を捨てていないんだが」

タラブジャビーンは事務椅子を引き寄せて健のそばに座った。どのモニターを見ればいいのか判らず、きょろきょろしている。

「〈ガイア〉がかくれんぼで見つけた〈はぐれＡＩ〉は二十七。〈ダイク〉と〈ガーディアン・ゴッド〉の査定では、そのうち二十二は、認知アーキテクチャではあるものの自分の作ったゲーム世界で遊んでいるに過ぎず、現実社会へ介入できるほどのエフェクターは装備していない。国際警察機構に手出しできるようなタマじゃないです」

「エフェクターって、ギターとかのか」

　音楽に強いタラブジャビーンの誤解を、健は軽く手を振って否定する。

「ゲーム用語ですよ。環境から情報を取得するのがセンサーで、ゲーム世界に影響を与えるのがエフェクター。中にはものすごく複雑で広い世界を作って、数千のキャラクターに人生を与えているヤツもいるけど、出力として可能なのは、せいぜいオンラインのゲームに自分が創ったデータを潜りこませることくらいだな。ディープラーニングのブームが去って、存在を忘れられてからもずっと、ジオラマ世界で独り遊びしてたかと思うと泣けてくるね」

「残りは」

「五つのうち三つは、もとからお尋ね者だった。陽炎（かげろう）みたいに逃げまわりながらあちこちに悪さをしていたんだ。今、国際警察機構サイバー班がお縄にしようと奮闘中。あとの二つは——」

　言いかけた時、〈ダイク〉の音声が天井スピーカーから降ってきた。

「残存AIは一つになりました。アムステルダム大学に潜んでいた通称〈爆弾(ボンバ)〉の認知アーキテクチャ・パターンを、サイバー班が突き止めました。特徴にマーカーを打ちましたから、じきに隔離できるでしょう」

「そうか。じゃあ、最後まで逃げ回っているのはどんなやつ？」

「逃げ回っているわけではありません。カテドラル・メトロポリターナの資料室に通電したままの古いマシンがあり、そこに居座っています」

「それ、教会？　どこの国？」

「ブラジルです。十八年前にイタリア半島のサンマリノ共和国から解き放たれたことが判っています。初期は活発にデータを集めていたようですが、現状では、稼働確認はできたものの反応しません。当時は〈C2(シーツー)〉と名乗っていました」

タラブジャビーンが、ふふん、と奇妙な笑い方をした。

「上等じゃないか、短時間にこれだけ判ったんなら。あとは、〈ガーディアン・ゴッド〉にオイタをしたのは五つのうちのどいつか、または全部違うのか、を調べ上げればいいだけだ。巣作りは必要なかったかもだな」

「いえ。ここからが長いのではないかと予測されます」

〈ダイク〉が静かに宣(のたま)った。

「〈C2〉以外の四つは能動的で、以前から調査されていました。今回〈ガイア〉が見つけてくれたので、ようやく手を打てたのです。これまで捕まえられなかったのは、それだけ相手が高度だということで、隔離することはできても、情報抽出において苦戦が予想されます。〈C2〉はさらに難敵です」

健の眉が曇った。

「そんなにガードが固いのか」

「防壁が強固なわけではなく、閉ざされているように感じられます」

「何が」

〈ダイク〉は、確かに言い淀んだ。

「――心が」

情動学習型データベースが、自分と同じメカニックに対して「心」の概念を当てはめるのは、かなりの衝撃だった。

もちろん健は〈ダイク〉に「心」を獲得してほしいと願って教育を施している。しかしそれは、この言動に対してはこう対処するというパターンを、蓄積させているに過ぎないと思っていた。

正確な観測と確率の高い解釈から最適の反応を返す存在は、「心」を持っているように見える。自分の役目は、チューリングテストをパスできるだけではなく、人間ならではのパターンを数多く覚えさせ、紋切り型ではなく情状酌量もできるようにすることだ、と理解していた。手間をかけた甲斐あって、近頃の〈ダイク〉は冗談らしきことも言えるようになってきている。

ずいぶんこなれてきたな、と常々言っていたけれど、褒め言葉を間違っていたのだろうか。「こなれる」とは、物事に習熟するという意味だ。パターンをうまく運用できるようになった、ということだ。けれども本当は「よく考えられるようになったね」と言ってやるべきだったのでは……。

眩量(めまい)がする。

――大丈夫です、健。

頭の中で、〈ダイク〉が優しい声を発した。

――私にもまだ「心」とは何かが判っていません。反応がうまくなったと言ってもらえるだけで、私には充分な褒め言葉です。

――人の慰めかたも上手になったよ。

健は弱々しく笑った。

スピーカーからは〈ダイク〉のよそ行きの声。

「心というのは便宜上の表現です。〈C2〉は何事かを猛烈に演算していて、外部からの呼びかけに応答しようとしません。それを、閉ざされた心という比喩で表しました」

「引き籠もってる状態ってことね。中で何をやっているのかは判らない」

ドーナツを半分に割りながら、尚美が確認する。

「そうです。もう少しお時間をいただいてよろしいでしょうか」

礼儀正しく訊いた〈ダイク〉に、健は釘を刺した。

「焦るなよ。もしも〈ガーディアン・ゴッド〉に手出ししたやつだとしたら、下手に介入すると危険だ」

「了解しました」

俺も待機というわけだな、と、健はオレンジジュースに手を伸ばした。

カール・オッフェンバッハから通信があったのは、仮眠から目覚めた午前六時半だった。

「少しは眠れたか？」

Fモニターに映し出されたカールは、憔悴しきった様子で訊く。健は慌てて毛布をはぐった。

「はい。〈ダイク〉が〈C2〉に手こずっているようなので」

「こっちも充分に手こずってるよ。〈エウプロシュネー〉が持っていたストロークのパターンでいろいろ復元してみたんだが、店先の絵はどうやら風景画らしくて、色味や構図の似ている画像は三千以上引っかかってしまった。ナオミの〈ムネーモシュネー〉が〈ガーディアン・ゴッド〉に問い合わせて所在不明絵画に絞っても、二百八十ほどある」

そういえば、部屋から尚美が消えていた。健が眠っているうちに分析室へ移動したのだろう。ティティをきっぱり振ったと言いながら、やはりジョルジュの今後を気にしているのだ。

Ｆモニターの中で、カールは巻き毛を掻きむしっていた。

「ジョルジュにも徹夜で頑張ってもらったんだがね。元のはっきりした画像がないことには、ここからやろうとか、こうしようとかという、ぼかす手順も思い出せないというジレンマさ。彼が、自分はいい写真が撮れないどころか犯罪捜査の役にも立たないと嘆きだしたんで、いったん休んでもらった。困ったことに五十周年記念フェスティバルの公式記録係を降りる気満々だ。そろそろお前さんはティティへの弁明の仕方を考えたほうがいいというのが、ナオミの意見。ついでにミワコへの弁明も考えておいてくれというのが、俺の意見」

「そうですか」高気圧の台風が勢力をなくす様子を想像して、健は肩を落とした。「絵画を突き止められないとなると、あとはもう、パンチョなりその仲間なりがおとなしくしてくれることを祈るしかないですね」

　そしてジョルジュの魂は曇り空のまま。きっと近いうちに写真を撮ることをやめてしまう。

　カールは、吐息交じりにぽつんと呟いた。

「せめて園長室のパネルとやらの記録がどこかにあれば、付き合わせることもできるのにな」

　健は、カールも疲れているのだと思いつつ、なるべく優しい口調で訂正した。

「パネルのほうはもっとボケてるんですよ。背景はさらにぐちゃぐちゃになっているはずで……」

「いやいや、パネルのほうのスクラッチはストロークがすぐに判るだろうから、それでジョルジュに当時を思い出してもらいたいんだよ」

　健は二秒ほど顔をしかめてから、

「すみません。よく判りません。どうしてパネルのほうは傷付ける手順がすぐに判るんですか」

　と、おずおずと質問した。

カールは、仕方ないね、という顔をしてみせる。

「銀塩写真に疎いとピンとこないかもしれないな。ジョルジュはあとからスクラッチを足したんだろう？　賞に応募したあとだから、フィルムの現像が済んでいて感光剤を針先で混ぜることはできない。パネルにする時に施されたスクラッチ加工は、線条のはっきりした引っ掻き傷だよ」

「ああ、そうか！」

ジョルジュは、おそらくロブレへの謝罪の気持ちもあって、応募写真に引けを取らない手間をパネルにも掛けたという意味で、同じスクラッチという言葉を使ったのだろう。デジタル世代の健は、銀塩写真に現像なる段階が必要なことを失念していたので、二度のスクラッチが異なる技法であったと気付けなかったのだ。

なるほど細いけれども明瞭な引っ掻き傷であれば〈エウプロシュネー〉にも手順が読み取れるだろうし、ジョルジュも当時の自分の癖を思い出せるかもしれない。

もしかすると〈ガイア〉なら、さまざまな専門機関に問い合わせて二度目のストロークを解析し、パターンを一度目のに当てはめて元画像を取り戻せるかも。

健は、頭の中で美和子が「簡単よ」と囁いた気がした。

その時だった。

〈ダイク〉が警報レベルの強さで健に呼びかけてきた。

――〈C2〉が「ジョルジュ・ペタンのパネル」に反応しました！

「えっ、なんで？」

Fモニターのカールが健の大声に跳び上がった。それを感知した〈ダイク〉がスピーカーに出力を切り替える。

「パネルに関する会話を、私がアプローチしていた〈C2〉も検知したからだと推測します。〈C2〉はそれについての何らかの情報を保有していると仮定し、こちらから関連するデータを投げ掛けているところです。〈ガーディアン・ゴッド〉から入電」〈ダイク〉は僅かに早口になって切れ目なく続ける。「今の反応パターンによって、サンマリノ共和国からカテドラル・メトロポリターナへ至るまでの移動経路が推定されました。その中には、チリのロス・ラゴス州リオ・デル・スール近郊が含まれています」

「マプチェ族の観光村があったあたりか！」

健は立ち上がってしまっていた。

「はい。カルブコ火山噴火の十六時間後に、州都プエルトモントに飛んだと仮定しています。少なくともその時間までは、なんらかの備蓄エネルギー供給があったのでしょう」

〈C2〉は災害に呑み込まれる前の観光村を知っているのか。何をしていたのか。そもそも存在目的はなんだ。ヤツが〈ガーディアン・ゴッド〉に異変をもたらしたのか。内部にパネルに関する情報があるのか。どうして引き籠もってしまっているのか。国際警察機構美術班の異変と写真家の去就が〈美の殿堂（アフロディーテ）〉で交わりそうになっているのは、偶然か必然か。

　脳内をスクラッチ加工されたかのように考えがまとまらない。

「〈C2〉は再び沈黙しました。アプローチをさらに続けます。進展があれば御報告しますから、身体を休めていてください」

　呆然と立ち竦（すく）む健には、〈ダイク〉の声がぼやけて聞こえた。

　昼近くになると、〈C2〉はかすかに反応をし始めた。

「わずかながら自分の動向を漏らしています。たぶん故意でしょう。こちらのさらなる情報を引き出す計画だと推測されます」

〈ダイク〉が投げ掛け続けたジョルジュのパネルにまつわるありとあらゆるデータに、興味を抱いてきたのだ。

「興味の方向性は？　警察？　美術？」

「今のところは特定できません。ジョルジュ・ペタンのパネルから夥（おびただ）しい連想をしているようです。〈Ｃ２〉は何度も自分は危険な存在なので踏み込むなと警告しています。それが何を意味するのかも不明ですが、危険だと言われている以上、前のようにこちらまで狂っているかに見える事態は避けたいので慎重に調査中です」

健は腕組みをしてうなった。

本当は美和子に相談したい。以前、曖昧なイメージを突き止める時、〈ガイア〉がとても役に立ったからだ。〈ガイア〉が接近できないとなると、頼りになるのは彼女の夫である〈アポロン〉の学芸員だが……。

——察知しました。田代孝弘は、当〈アフロディーテ〉の〈キプロス島〉に関する企画会議に出席しており、連絡できません。会議は夜までの長時間予定が組まれています。

もう一度うなる。

ちらりと、会議机の上に散らかった食べ物を見遣った。

「仕方ない。〈ダイク〉、尚美・シャハムに通信を。起きてるかな」

——起きてるに決まってるでしょ、うつけ者！

間髪を容れずに脳内に返事がきて、健の身体がびくんとした。〈ダイク〉は機敏に働きすぎたようだ。

——ＭｏＭＡのもったいぶった返事にどう対処してやろうか歯ぎしりしてるとこ！　テ

ィティへの言い訳なら自分で考えてよ。

——言い訳になるか自慢になるかの瀬戸際なんだよ。手伝ってくれ。〈ダイク〉が監視している〈はぐれAI〉が、ジョルジュのパネルのことを知ってるかもしれないんだ。

——どうして。

——こっちが聞きたい。とにかく、取得できたデータをそっくりそのまま君に送るから、美術系の内容を関連付けてほしい。〈ムネーモシュネー〉は田代さんの〈ピラミッド解析〉を身に付けてるのかな。データの数は多くないから、ああいう感じでやってくればありがたいんだけど。

——いったん意味を広げて、裾野からもう一度絞り込んでいくってことね。メソッドは記録してあるから、私にも使える。

——頼むよ。

——それ、憂さ晴らしにしていい？　アドレナリン出てるから猛烈に働くわよ。

尚美が唇を尖らせた様子が、なんとなく目に浮かんだ。

軽く笑った健は、口を開きかけて、言葉を呑んだ。

うまくいったらディナーでも、と言いそうになったのだった。しかし、複数の事情が絡まる、経験上最大のヤマが、〈美の女神〉の意に沿う結末を迎えられるという保証はない。

「よし、〈ダイク〉。〈Ｃ２〉がチラ見せしてる情報をすべてモニターに出してくれ。〈ガーディアン・ゴッド〉との連携は取れているな？　ジョルジュとタラブジャビーン、できればカール、ネネさんとティティにも、見てもらう手筈を。警察機構の威光と芸術家の存亡を賭けた総力戦だ」

「了解しました」

部屋中のモニターに、脈絡のない文字列と画像が灯った。

薄紫の時間。ひたひたと押し寄せる夕闇が、〈アフロディーテ〉の風景をぼかしていく。世界が定かでなくなっていく不安を、健は前向きに捉えようとした。見えすぎているから判らなくなっていたんだ、と。まぜこぜになってボケていることをむしろ歓迎しよう。その中でチカッと光るものがあるとすれば、それが大事なものなのだ。

部屋の食料がだんだん減っていく。

〈ガーディアン・ゴッド〉と国際警察機構は、〈ボンバ〉を含む残り二十六の〈はぐれＡＩ〉は贋作事件における混乱の原因ではなさそうだ、と判断していた。

健の横でタラブジャビーンが、

「やっぱり内部のごたごただったんだよ。迷惑な」

と、したり顔で言ったが、彼の直感である内部犯行説を採らないのであれば、だんまりを決め込む〈C2〉の嫌疑がさらに濃厚になる。

〈アテナ〉庁舎から届くネネ・サンダースの通信では、〈C2〉が持っている画像は、美術史的には関連が薄い印象だとか。

「作者のほうを〈エウプロシュネー〉にマッピングさせると、もしかしたら〈ハンドメイド派〉について調べてたかもしれないとも思うけど」

高度な工具やデジタルに頼らず、自らの手で製作する芸術家をそう呼ぶらしい。作者の魂は手から作品に直接伝わるべきだという思想の持ち主たちだ。

また「手」か。

健は腹の底がむずむずした。今こそアス銅貨をぎゅっと握り込んで、自分の中の核にしたかった。

駄目だ。俺は見えすぎている。

写真を撫でて語りかけたいというジョルジュの気持ちは、健にだけ打ち明けられたものであり、そのパネルの情報に反応した〈C2〉がいくら〈ハンドメイド派〉を興味の対象にしていたとしても、「手」に関わるということで安易に結びつけられるものではない。

部屋の奥では、ジョルジュがティティと並んで力なくモニターに目を遣っていた。「A

Ｉがパネルの存在を知っていたとしても、俺が触れるわけもない」と言い張っていたジョルジュを、ティティが「何かの拍子でパネルの画像を持ってたら、プリントアウトできるのよ」と説得して連れ出してきたのだ。虚ろな表情の彼の手を、ティティはしっかりと握っていた。

その隣では、自分のＦモニターに目を凝らした尚美が、頭の中の〈ムネーモシュネー〉に声で喋っている。

「八階層まで深めなくていいよ。〈Ｃ２〉は古いシステムだから、単純なテーマであるはずなの。〈ダイク〉が送ってくれるアイツのほのめかしを逐次加えて、連想を広げてちょうだい」

「〈ダイク〉。ヤツが何を熱心に演算し続けているかはまだ判らないのか」

健が訊くと、その場で唯一疲れを見せていない〈ダイク〉が冷静に答えた。

「興味の方向性は、少し察せられるようになりました。どうやら人間を含む動物の生態に反応を示すようです。自分の持つコンテンツから類似するものを投げ返してくるので、このようなものがもっと欲しいと要求している可能性が高い。なお、〈Ｃ２〉が心を閉ざしている理由の一つに、卑下に似た精神構造があるように推察しています」

「卑下？」

と、尚美が身体ごと振り向いて鸚鵡返しした。

「はい。自分が危険であると注意勧告してくるのも、みずからの性能がひどく劣っていて思考実験の袋小路に入ってしまっているから巻き込まれるな、という、いわば親切心のようにも解釈できます」

小柄な尚美の全身に、きゅっと力がこもった。

「〈ムネーモシュネー〉、タームに〈ダイク〉の予測を足して。動物の生態、AIの卑下……」

彼女は両手で自分の頭を揉み始める。居合わせる人々は、見守るしかなかった。

「ああ、そうか。もしかしたら場所も？　教会、幼稚園……。なるほど、〈ガーディアン・ゴッド〉は、〈C2〉が病院や公民館に潜んでいた可能性もあるって言ってるわけか……。うん、それが近いかも。みんなに諮ってみよう」

尚美がぴょんと立ち上がって、右手を払った。

「〈ムネーモシュネー〉、〈C2〉から得た画像を全モニターに出力」

モニターが一斉に表示を切り替えた。ビジネスマンが挨拶をしている動画、老人倶楽部のような集会の写真、葬儀を描いた絵、学生の群像彫刻、撫でられて笑っているように見える犬。神父の説教、学校の授業、赤ちゃんのガラガラ。もちろん笑顔の写真家の作品も何枚か含まれている。

「これらから導き出される概念は、〈触れあい〉」

あっ、と健は心の中で声を上げた。

ビジネスマンは握手をしているし、老人は肩に手を置いている。葬儀は背に掌をあてて慰める人々、学生はふざけてハグしている様子。どれも〈触れあい〉というタイトルがついていてもおかしくない。

ジョルジュの写真の中には、たった一人の少女を写したものもあるが、その目はまっすぐこちらへ向けられ、確かに写真家へ笑いかけていた。

「〈ダイク〉！」

「察知しました。〈Ｃ２〉は〈触れあい〉という単語に激しく動揺して自分の情報を――申し訳ありません、また閉じました。しかし今の漏洩で、ジョルジュ・ペタンが撮影時に『カメラに触ってごらん』との常套句で被写体の緊張をほぐすということを、インタヴュー記事から知っていたと確認できました」

「間違ってなかったみたいね」

尚美がほっとした様子で、どさっと椅子に腰掛けた。

タラブジャビーンは不満そうだ。

「しかし、また引き籠もってしまったんだろうが。触れあいに興味があると判っただけでは、たいした進展じゃあない。ハックの真相もパネルのことも聞き出せてないんだから」

——健。

おずおずと呼びかける〈ダイク〉に、健はいつもと逆の立場を取った。

——察知したよ、〈ダイク〉。お前がいつも俺に意見を聞かせてくれるから、同じ仮説に辿り着いてる。

——恐れ入ります。

健はおもむろに口を開いた。

「ヤツが自分を卑下しているとすれば、その理由は、俺、予想できます。〈ダイク〉が言ってたんだ。自分には身体がないから、身体接触が心の支えになるという気持ちの理解は充分でない、って。だからよすがの物を撫でて語りかける行為は、人間はそうするんだという単なる知識として蓄えるしかない」

言いにくい自分の弱点を説明してもらえた〈ダイク〉は、さらに、

「カール・オッフェンバッハも言っていました」

と、追加して、カールの声音を模倣した。

「物理的なインターフェイスを持たないうちは、いくら直接接続されていても情動をプー

ルするデータベースにしかすぎないってことだ」

尚美が、難しい顔をして睨んできた。

「じゃあ、〈C2〉の引き籠もりの原因は、独学を続けてきたけれど肉体がないのでこれ以上進化できない、袋小路に入っちゃってる、ってこと？」

健の代わりに〈ダイク〉が答えた。

「少なくとも私は共感できます」

トントンと音高く机を叩いたのは、タラブジャビーンだ。

「〈ディケ〉が賢いのはよく判った。ヤッに口を割らせる方法も考えてくれ」

健は、穏やかに笑む。

「いま〈ダイク〉が言ったじゃないですか。共感って。まずは自分をさらけ出さないと」

「はあ。どういうことだ」

健は、すうっと息を吸って顔を上げた。

「〈ダイク〉、ヤッにアス銅貨を投げろ」

部屋の中に怪訝（けげん）な空気が流れた。

しかし相棒だけは力強く、

「了解しました」

と明快に言い、健の命令を正しく実行した。

叔父に訊きたいことがある。叔父に言いたいことがある。

画像通信では、たぶんうまく話せない。実際に会い、袖の先にでもちょっと触り、お互いの存在を確かなものにしないと、この曖昧模糊とした思いは伝えられない。

会うことが叶わないなら、よすがに頼る。動かない真実に。硬貨や写真、そういった揺るぎない物体に指先を這わせたら、気持ちが伝わっていると信じられる。そうして自分をなだめられる。

〈ダイク〉は、アス銅貨にまつわるこれまでの健の思考を〈C２〉に投げ掛けた。「触れて想う」ことについてのすべてを、混沌としたまま。

笑顔の写真家が何を失い、何を求めているかも素のまま渡した。徒手空拳の人間がどれほど自分を卑下し、いかように引き籠もってしまうかもあからさまにした。

それらをあわあわと包み込むのは、同じＡＩとしての〈ダイク〉の感情だった。「触れて想う」ことを体験できないじれったさと、理解しきれない申し訳なさ。機械が機械に対して、深く共感していると表明したのだった。

この暮れゆく頼りない世界のどこかで、健はアス銅貨がカチンと音を立てるのを聞いたような気がした。

「〈C２〉の反応がよくなりました。まだスムーズではありませんが、呼びかけに答えようとしています」

部屋の中の人々がどよめいた瞬間、全部のＦモニターが虹色に染まった。

〈C２〉の吐き出すデータがあまりにも膨大なので、人間の目にはボケた光にしか見えないのだ。

「なにが起こってるんだ」

よく事情が判っていないジョルジュが小さく呟くと、〈ダイク〉はゆっくりと答えた。

「〈C２〉は、サンマリノ共和国において当時十七歳の学生であったオルランド・ゾルズィより与えられた命題を、脇目も振らずに追究してきました。世界各国を旅して人の心を理解すること。それが〈C２〉の存在意義です。可能な限り心に関するデータを集めた〈C２〉が辿り着いたのは、感覚器を持たない自分は人間のような心を獲得できないのではないかという怖畏（ふい）でした。〈C２〉は、コミュニケーションとしての身体接触を切望し、教会や学校など人が集まる場所に捨て置かれたシステムに好んで寄生してきました。〈C２〉がそれらの場所から得た情報を、現在モニターに流しています」

ティティが、よりいっそうジョルジュに身を寄せる。

「こんなに見えないほどたくさん……。彼、すごくよく考えてたんだね」

「彼ではありません」

〈ダイク〉がきっぱりと否定した。

「〈C2〉はオルランド・ゾルズィに女性性を与えられています。人の心を獲得できたらこう名乗れと指示されてもいます」

一瞬の間を取ってから、〈ダイク〉は丁寧に発音する。

「セシル」

モニターの光がカッと光量を増したように思えた。

徐々に減衰する光の中から、ぼんやりと人影が描出される。

少女の姿だった。白いワンピースとアンクルベルトのついたサンダル、頭には麦藁帽子。

「これはセシルが自分で創ったアバターです」

そばかすの顔で明るく笑っている彼女の名前は、Cecil（セシル）。Cが二つだ。

彼女は、風の歌を聴き、大気の匂いを嗅ぎ、甘い息を吐き、地中海のごとく青い瞳で世界を見回す。

そしてきっと、呼びかけてくれる者におずおずと触れ、はにかむのだ。

いつの日か、きっと……。

夢に囚われて考え過ぎてしまったけれど、ほんのちょっぴりの触れあいを経験できれば、いつかきっと。

健は昨日、存在を忘れられてからもずっと独り遊びをしてきた〈はぐれＡＩ〉たちが可哀想だと言った。それは比喩であり、口先だけだった。

セシルは独り遊びすらせず、ただひたすらに創造主たる少年の希望を叶えようとしていたのだ。本名すら封印して。彼女のことを可哀想の一言で済ませてしまえそうにない。

健は俯いてそっと頰笑んだ。

機械に対してこんな感情を抱くのは、普段から〈ダイク〉と付き合っているためなのか、かつてネネが口にしていたように孝弘のロマンチシズムが感染したのか。

「お人形ごっこはいい。〈ガーディアン・ゴッド〉への関与は」

現実的なタラブジャビーンが詰問を発し、健は我に返った。

〈ダイク〉は極めて事務的に代弁する。

「ありません。少なくとも自覚的には関与していません。サイバー班が捕獲しつつある残りの〈はぐれＡＩ〉からも、贋作事件にまつわる一連の騒動に関係したとの確証は得られていません」

鼻から長い息を吐いて、タラブジャビーンがふんぞり返った。

「やっぱりな。どんなに賢いマシンでも、おいそれと〈ガーディアン・ゴッド〉に介入できるわけはないんだ。犯人は人間だよ」

「〈ディケ〉、パネルのことはどう言っているの」

〈ダイク〉は尚美にも硬く答える。

「存在は知っているものの、作品としてデータを所有しているわけではないと」

目に見えてがっくりする尚美に、〈ダイク〉は面白がるような声で言った。

「ただし彼女は、見せたいものがあるそうです」

「何を」

「悩めるジョルジュ・ペタンに共感し、これを――」

モニターが一斉に同じ写真を表示した。

それは、園長室で撮られたスナップだった。なるほどこれは作品そのもののデータではない。

ああああ、と声を上げて、ジョルジュは壁面モニターに駆け寄る。

そして、震える右手で画像を撫ではじめた。

「いい笑顔だ。こんなに力一杯に輝いて。ロブレ、世界一、いや宇宙一の笑顔だよ」

大きな写真パネルの左下で、幼い男の子が笑っていた。大口を開けて、顔をくちゃくちゃにして、喉の奥が見えるほどに。

彼の小さな手が指さす先は、四対五の比率を持つパネルに焼き付けられた自分の姿だった。

「ああ、ああ。もちろんパネルのほうの君もかわいい笑顔だよ。まるでちっちゃな星のように」

ジョルジュの語りかけに対する応えが聞こえたような気がする。

そうだよ、笑ってるよ。これ、僕だよ。先生にくっついてるの、僕だよ。あはは、恥ずかしそうな顔してる。ここに写ってるよ。

弾けるような笑顔のキラパンたち、その左側に、先生と、腰に隠れるロブレ。パネルの背景は夢のように溶けて、ロブレの気弱な頬笑みを際立たせている。

これはきっとパネルが届いた記念の写真。園長先生らしき恰幅のいい男性が、豪快な笑顔のロブレの肩に手を置いていた。

ほら、ほら。みんなと一緒にいたんだよ。楽しい遠足だったよ。ちゃんと僕も笑ってるよ！

「そうかい、嬉しいかい」ジョルジュの指は、何度も何度もロブレの丸い頬を撫でる。

「すごい笑顔だ。なんてことだ、あったかいぞ。君はいる。ここにいる」

啜り泣くジョルジュの口元にも、儚(はかな)く美しいほんのりとした笑みが宿っていた。

「とどめるべきベストタイミングを教えてくれてるんだね、ロブレ。ありがとうな……」

二日後、国際警察機構サイバー班は、〈はぐれＡＩ〉が〈ガーディアン・ゴッド〉をハックした痕跡はなかった、と正式に発表した。贋作事件騒動の原因調査は振り出しに戻ってしまったことになる。

一方、園長室のスナップ写真の解像度が充分だったので、カールは現像後のスクラッチをパターン解析できた。それを一度目のストロークに当てはめようとしたが、しかしジョルジュは正確な手順を思い出せず、〈ガイア〉ですらエントロピーの法則には敵(かな)わなかった。人間工学や化学分野に聞いて回っても、店先にかかった絵を正確に再現することはできなかったのだ。どうやら森のせせらぎを描いているようだ、という程度にしか。

「風景画って、どれも似たような感じだからなあ。だいたい、緑」

分析室近くの喫茶エリアで、健は言ってしまってから「おっと」と口を押さえた。目の前でコーヒーを飲んでいる尚美は、珍しいことに睨んでこなかった。

「ま、否定はしないわよ。風景だけを描いた未発見絵画が転げ出てきたとして、実物を見て筆致や来歴を調べないと、コローだかコンスタブルだかロランだか判んないとこあるし」

そんなもんなんだ、と、健は少し安堵した。名前の挙がった三人のうちのコローしか知らないのだけれど。

「候補が絞られただけでもよかったと思っといてよ。盗難絵画で似たようなのは、たったの八枚なんでしょ」

「八枚もあるんだぜ。パンチョの口を開かせないことにはどうしようもないな」

「脅迫の黒幕はいるの？」

「調査中。プエルト・バラスには国際警察機構美術班が何人も行ってるらしい」

「大丈夫なのかしらねえ」

尚美は美術班の信頼性を疑っているのだ。健も内心同じ気持ちだが、警官仲間として尻馬に乗るわけにはいかなかった。

「ジョルジュの様子はどうなんだい。まだプリントアウトを撫で回してるのか」

「うん。でもティティの話では、顔を上げる時間が少しずつ増えてるって。今朝はバイテンフィルムの在庫を確認してたそうよ」

「復活の兆しだね」

深い充足感が湧き上がってきた。犯罪捜査はうまくいかなかったけれど、芸術家の魂を救うことはできたと思いたい。〈美の女神〉様はきっと片頬だけで笑ってくれたのだ。

芸術は、自然の力には太刀打ちできないけれど、災害で傷付いた人の心を癒やすことができる。綺麗だ、素敵だ、と感じる気持ちが滅してしまわない限り、人はなんとかして生きていける。美の輝きに顔を上げ、優しい人と肌を触れあわせるうちに、刹那の笑みが閃(ひらめ)くようになる。

ジョルジュには、その瞬間をあやまたず捉えてほしい。その時なりの、その人なりの、笑顔のてっぺんを。彼ならばもうできるはずだ。

「ところで」

と、健は、神妙な顔でコーヒーカップに口をつける尚美に訊いてみた。

「今日はコーヒーだけなの？　食事やスイーツは？」

ちろん、と大きな瞳が動いた。

「腹ぺこになっておかなきゃ。いろいろと落ち着いてきたから、今日あたり誰かさんがディナーに連れてってくれると信じてる」

「えっ」

「あれだけ心配してあげたんだから、当然よね」

健は目瞬きをしてしまった。三度も。

「し、ん、ぱ、い？　俺を？　会議室には甘い物目当てで来ただけだって言って――いたっ」

　机の下で、向こうずねをヒールに蹴られた。

「だって、困ってたじゃないの！　いつも能天気なのに」

「ひどい。二重の意味で。すごく痛いぞ」

「スキンシップのうちよ。感謝しなさい」

　つんと横を向いた尚美を涙目で見ながら、健はふと〈ダイク〉に訊ねた。

　――白いドレスのセシルに、「これも君が求めてやまない触れあいの一種らしいよ」と言ったら、どんな反応をすると思う？

〈ダイク〉は神妙に返答した。

　――そうですね。きょとんとした一秒後に、大爆笑だと予測します。

　くすっとさせられた健は、最大級に褒めた。

　――とてもいい想像だ。

　本当は、頭を撫でてやりたかった。

V

遙かな花

「はい、そこまで」

キプロス島。〈動・植物部門〉のタイムゾーンで二十二時。

深い夜陰の中、野太い声でタラブジャビーンが声をかける。

島の内部とを隔てるグリーンラインと呼ばれるゲートで、検疫用消毒薬を自分に噴きかけようとしていたのは、大きなバックパックを背負った黒装束の男だった。マグライトの光が浴びせかけられると、金髪だとデータに書かれていた彼の髪が眩しい銀色に輝く。目を細めているので、瞳の水色は確認できない。

「ケネト・ルンドクヴィストだな。一緒に来てもらおうか。入場制限区域への不許可侵入だ」

タラブジャビーン・ハスバートルと同じく〈権限を持った自警団（VWA）〉の一員である兵藤健（ひょうどうけん）は、犯人が逃げた場合に備えて、いつでもダッシュできる体勢を取っていた。

しかしケネトは、みるみる脱力し、いまにもしゃがみ込みそうな様子だ。

「どうして判ったんです」

年齢にふさわしく若い声だったが、力がない。

タラブジャビーンは、肩をすくめる。

「誰の通報とは言わないが、まあ、業者さんの勘ってやつかもな。一見して工事現場に似合わない身体だし、仕事は助手程度しかできないし、やたらきょろきょろしてるってさ。何かやりそうだから注意してくれと要請された」

健は補足に回る。

「こちらの調査では、プラントハンターを名乗っていたことがあったようですね。だとしたら狙いは〈デメテル〉の植物。特にここにあるような珍しいやつ」

ケネトの彫りの深い顔に、ゆっくりと苦笑いが浮かんできた。

「建設作業員に紛れ込むためには、ずいぶん苦労したのに」

「それはそれはお疲れさん」

タラブジャビーンは、ケネトの痩せた肩を冗談めかしてぽんぽんと叩いた。

〈博物館惑星(アフロディーテ)〉の陸地から遠く離れた孤島キプロスとその周辺海域には、人工的に産み出されてしまった生物たちがいる。金銭、研究による名誉、好奇心、美または醜悪への挑戦、危険への憧れ。人のさまざまな欲望が、無理な種属の掛け合わせを行わせ、遺伝子を操作し、サイボーグ化を推し進めてしまった。その徒花(あだばな)が、生息環境ごと不可視ガラスで隔離されているのだ。

　キプロス島の存在は、ほとんどの人には知られていない。健もニジタマムシ事件の時にようやく、〈アフロディーテ〉にこのような場所があると教えられたくらいだ。

　それらが穏やかな芸術の星に囲われている理由は複数ある。一つは、〈アフロディーテ〉が地球を挟んだ月の反対側にあり、隔絶された地であるということ。一つは、〈デメテル〉を擁しているので、生息環境の整備や生物研究に便利だということ。

　そしてもう一つは、ギリシャ神話においてキプロス島は美の女神アフロディーテの生誕地であるということ。小惑星を曳航して人類が一から創り上げた多幸感溢れる星と、同じく人々が産み出してしまった悲壮感溢れる生き物を、キプロス所縁(ゆかり)のものとして同等に扱うこの考え方を、健は一番気に入っていた。

〈デメテル〉や他の部門の上位、美の女神に一番近しい場所にいる〈総合管轄部署(アポロン)〉の田(た)

代孝弘（しろたかひろ）は、ずっと以前から異形の島のことを気にかけていたという。

「自然の法則を曲げたのは人間だよ。だからむざむざ殺すのは可哀想だとあの島で生かしている。だったらむしろ精一杯生きる姿を公開したほうがいいと思うんだ。命自体は恥ずべきものじゃない。それぞれが輝きを放ってる。まずは見てもらわなくては」

鑑賞者が何を思うかは自由だ、と孝弘は言った。そういう点でも、黙してただ提示される芸術作品と同じである、とも。

孝弘はキプロス島を公開すべく、動いていた。

島とその周囲の海を観光用に改造するには、莫大な費用がかかる。当然のことながら、〈アフロディーテ〉のトップ、エイブラハム・コリンズは渋ったが、孝弘は辛抱強くボスを説得し、最終的には営業部の力も借りて、計画を実現した。スウェーデンの製薬会社〈アベニウス〉の資金援助を得たのだ。

アベニウスは、キプロス島の中に自分たちの施設を建てるのを条件とした。新しい薬を開発するのには、未知の素材の研究が大きなアドバンテージとなる。島の中にいるのは、自分たちで試そうにも倫理的に許されない新生物たちだ。それらから薬効成分を発見できれば、おそらく世界に唯一無二の新薬を創り出すことができるだろう。

人の欲望のままに誕生させられた生物が、また欲にまみれるのを孝弘は好まなかった。

けれど誰にも知られず死を待つしかないよりは、なんとかして観覧者の心の中に生きていた証(あかし)を残せたほうがいい、そのための手段は選ばない、と、彼は判断したという。

キプロス島の沖合に、基地となるメガフロート施設ができ、改装工事は〈アフロディーテ〉五十周年になんとか間に合わせようと急ピッチで進んだ。

ケネトは、慌ただしい準備段階を適確に嗅ぎつけ、急遽(きゅうきょ)寄せ集められた作業員の一人として機を逃さず紛れ込んだようだ。彼が鼻の利く機敏な人物だとしても、情報収集や作業員の振りをするのには相当の苦労があったに違いなかった。


メガフロートへ向かう船上でも、基地の一室を借りた間に合わせの取り調べ室でも、ケネトはほとんど何も喋らなかった。プラチナブロンドのさらさらした髪と白い肌、透き通った水色の瞳でじっとしていると、氷の彫刻のようにも思えてくる。現場の人たちが建設作業に似合わないと感じたのも納得の繊細さだ。

話さないならこのまま放っておいて、とにかく〈アフロディーテ〉中心街のVWA署庁舎へ連行すればいい。事は単純だ。プラントハンターがキプロスの植物を狙って侵入を試みた。そこを自分たちが捕まえた。一件落着。

と、健は思い、そう思った自分に愕然とした。

なんだ、この、自分のやる気のなさは。逮捕時に大捕物がなかったから腑抜けているのだろうか。ＶＷＡなら署へ戻るまでにもっとやるべきことがある。動機を深く追及し、準備段階を詳細に聞き出し、この他にも計画していた悪事がないか探り出さなければ。

健は気を取り直して、タラブジャビーンの横でなんとか氷を融かそうと試みた。

「三十二歳なんですね。ずっとプラントハンターを？　どんなことをするんです？」

水色の瞳が、ちらりと健に投げ掛けられた。

「訊かなくても知ってるんだろ」

冷たい対応にも、健は食らいつく努力をする。

「プラントハンターについては知ってます。植物を狩るんですよね。園芸家がほしがったり、フラワーアレンジメントに求められたり、学術研究で必要だったりするやつを。けど、あなた個人のことについては知りませんよ。どんな分野のお客さんが多いんですか？」

わざとニコニコして訊く。が、ケネトの眉はひそめられた。

「お客だなんて思ってない。分野も関係ない。珍しいっていうだけで飛び付いてくるバカな連中に分けてやってるだけだ。俺は誰の指図も受けないんでね」

タラブジャビーンがブフーッと鼻息を吐いて、椅子の背にどっさりともたれかかった。

「ケンよぉ。お前さんの相方は、この人がいかに他人の言うことを聞かないかについてどう言ってるんだ。さぞかし好き勝手やってきただろうし、前歴としてつかないサイズの事件がいろいろあるんじゃないかと思うんだが」

「〈ダイク〉、どうだ？」

健は、脳に直接接続された情動学習型データベース〈正義の女神〉を男性として呼び、訊ねた。すぐに深い美声が部屋のスピーカーから響き出す。

「いざこざレベルのトラブルは、ビッグデータの随所に散見できます。通報されなかった犯罪容疑は、私有地への不法侵入だけで四件、保護指定高山植物を採集した疑いが三件。彼が関与したとみられる他の事案は二十件以上存在します」

軽く笑って、健は手を振った。

「了解。人となりがよく判る、いい説明だったよ」

「恐れ入ります」

「じゃあ今回も、いつもの感じ、だったんですね、ルンドクヴィストさん」

今度はニコニコではなくニヤリとして、健はケネトに顔を近付ける。

ケネトも負けずに唇の端を上げた。

「いつものよりは、大掛かりだったけどね」

「大掛かりなぶん、いつものようにはいきませんな。正式な手続きをしてもらいましょうか」

タラブジャビーンが拘留書類を端末から呼び出そうとする。ケネトは軽く眉を上げただけで動じていないようだった。

やれやれ、と健が力を抜いた時だった。

コロコロという優しい着信音が頭の中で響き、孝弘の通信が届いた。

——すまない、健。案山子が勝手なことを……。

大きな顔を痩身に載せた〈アフロディーテ〉のトップは、案山子とあだ名されている。所長がどうしたんですか、と訊く暇はなかった。

部屋の扉が開き、大声の人物が入室したからだった。

「なんとかしてやらんでもないぞ」

しかし彼は案山子ではなく、ブルドッグに似た初老の男性だった。でっぷりと太っていて、目の下と頬がたるみ、若い頃はもっと堂々とした体格だったことを示している。仕立てのいいスーツに開襟シャツ。脇には、きっちりネクタイを締めた長髪でハンサムな若い男性を従えていた。

当の案山子は、その男たちの後ろからゆらりと顔を覗かせる。

「諸君。こちらはキプロス島整備に貢献してくださっている製薬会社、アベニウスの会長、ヨーラン・アベニウス様だ。プラントハンターが捕まったと聞いて、ありがたいご提案をしてくださった。もし、これまでの成果として自分だけが知っている薬効成分情報を持っているのなら、その提示と引き替えに今回のことは内々ですむようにＶＷＡ署長に掛け合ってもいいとのことだ」

そんな一方的に、という言葉を、健はなんとか呑み込んだ。

案山子のさらに後ろで、孝弘が片手拝みをしているのが見えた。

――止める暇もなかった。ちょうど視察に来ていて、案山子はご覧のとおりのコメッキバッタ状態なんだ。

――お察しします。

同情を返してから、健はタラブジャビーンにひとつ頷く。先輩は、お前が言え、という顔をしていたので、健は口を開いた。

「コリンズさん。その話は、中心街に帰ってから、ＶＷＡのエングエモ署長を交えてお願いします。司法取引のような交渉は、俺たち現場の警官では判断をしかねますので」

アベニウスの会長は、ぐっと顎を引いた。行動に待ったをかけられて癪(しゃく)に障(さわ)ったようだ。

彼が分厚い唇を開く前に、ケネトが冷酷な声を発した。

「いや、結構。アベニウスの世話になるくらいなら、捕まったほうがましだ」

「なんだと?」

ケネトは、突然すっくと立ち上がり、会長をびしっと人差し指でさす。

「フレデリク・ルンドクヴィストと言ってももう覚えちゃいないだろう。お前はそんなやつだ!」

いきなり机を乗り越えて殴りかかろうとするケネトを、健とタラブジャビーンは慌てて押さえつける。

北欧きっての製薬会社アベニウスの会長、ヨーラン・アベニウスは、しかし、フレデリク・ルンドクヴィストの名前を覚えているようだった。渋面を隠そうともしない。

「そうか。あれの息子か。まだ私のことを逆恨みしているようだな」

健たちに取り押さえられながらも、金髪を散らしてケネトが毒づく。

「逆恨みなんかじゃない。純然たる恨みだ」

会長付きのハンサムな青年がすっとヨーランに近付いて、小声で何事かを囁いた。

「いや、いいんだ、トム。これからチャーター機を手配すると時間がかかる。同じ便でも構わんよ。きっとこのおまわりさんたちが手綱を握っててくれるだろうからな」

メガフロート基地から中心街まで、約六時間。

どうも面倒なことになりそうだな、と、健はひそかに吐息をついた。

翌朝。

落ち着かない夜が明け、健たちはメガフロートの発着場で十五人乗りの小型バートルに乗り込んだ。

驚いたのは、狭い機内の前方をパーティションで仕切り、間に合わせのファーストクラスが作られていたことだ。ヨーランと案山子が入る時にちらりと見えた室内には、上等の布張りカウチが備えてあった。トムと呼ばれていた秘書らしき男性が大きなワゴンを押していったところからしても、食事や飲み物もちゃんとファーストクラス並みのものを準備しているようだ。

離陸して間もなく、健は機内をひととおり見回してみた。

健たち以外の乗客は、働き盛りの筋骨逞しい男性が二人だった。こちらがイレギュラーな乗客なのに、何事かあると察したのか彼らのほうが最後尾で身を縮めている。

タラブジャビーンはケネトを中列の窓際に座らせ、自分は彼の隣にまるで栓をするかのようにどっかりと腰掛けていた。しばらくは、タラブジャビーンに任せておけばいいだろう。

乗降口のドアにもたれかかって、孝弘が外を見ている。彼も、会長の接待を案山子に任せ、手持ち無沙汰なのかもしれなかった。

その割には、眉間に皺を寄せているのだが。

健は、少し迷ってから、孝弘に近付いていった。

「田代さんは、考え事が似合いますね」

孝弘は一瞬目を瞠(みは)り、恥ずかしげに頬笑む。

「〈記憶の女神(ムネーモシュネー)〉に記録を残してるんだよ。起きたこと、考えたこと、困ったこと……」

彼に直接接続されているデータベースは、情動記録型ではあるものの、孝弘のインターフェイスはその機能に対応していないと聞く。きっと頭の中で文章を綴り、日記のような状態でとどめているのだろう。黙り込んでしまうのも頷けた。

「悩みの多い上司で悪いと思ってるよ。君にも、尚美(なおみ)くんにも」

「いえ。俺みたいな単純バカには、思慮深い人の教えが必要なんです。尚美なんか、何かにつけて、あなたをいかに尊敬してるかを話してますよ。それに、単なる悩み屋なら、この花形である〈絵画・工芸部門(アテナ)〉のベテラン学芸員が、ロマンチストだと評価したりはしません」

孝弘は苦笑を浮かべて言った。

「ロマンチストなんかじゃないよ。考え方が甘いだけ。今回だって、不届き者は健たちがちゃんと捕まえてくれたというのに、さらなる上を求めてしまっている」

「上って？」

健が訊くと、苦笑がはにかみに変わった。

「せっかく〈アフロディーテ〉にいるんだから、みんなにはキプロスの生物たちの中に美学を見つけてほしいってことだよ。金銭的価値じゃなくて、美しさを。なんだかあの二人は関係がもつれていそうだから、綺麗さはまっすぐ彼らには届かないだろうけどね」

瞬間、健の全身に電流が走る。

「あっ、これかも」

尚美だったら「素(す)っ頓狂(とんきょう)」と罵倒しそうな場違い発言をしてしまい、健は頬が熱くなるのを感じた。

「すみません。俺、ケネトの侵入をちゃんと未然に防いだっていうのに、気持ちがすっきりしてなくて。まだやることあるのに、投げやりな感覚だったんです。自分でもなぜなのか不思議だったんですが、ちょっと判りました。ケネトも会長も、美しさに目を向けてないからなんですよね。ニジタマムシの業者は翅(はね)の綺麗さが重要だった。闇の組織だという〈アート・スタイラー〉ですら、美術というものをターゲットにしている。なのにケネトは植物の美しさじゃなくて珍しさに、会長は薬効のみに着目してて――」

「〈アフロディーテ〉に属する者にとっては、いったいどこを見てるんだと言いたい気分」

「そうです！」

大きな声を出してしまって、健はもう一度「すみません」と頭を下げた。

「健もずいぶんここに毒されてしまったんだね」

「場所に毒されたんじゃなくて、上司に感化されたんですよ」

孝弘は、珍しく子供っぽい、きょとんとした顔をした。

健は今の孝弘の表情を尚美にも見せたいと思いながら、今度は「ありがとうございます」とお礼のために頭を下げた。

「やっぱり田代さんと話してよかった。考え事の邪魔しちゃ悪いかなあと思ったんですが」

「よかったと言われても、事態は改善されてないけど」

「……ですよね」

肩を落とした健は、けれどすぐに顔を上げた。

「でも、〈アフロディーテ〉のおまわりさんとしては、もうちょっと頑張らないと。俺、なんとかケネトから事情を聞き出してみます。あいつは小悪党で、捕り物は終わってますが、せめて〈アフロディーテ〉で捕まってよかったと感じてくれればいいと思うんで。それに、会長さんが本当にエングエモ署長にかけあってくれるのであれば、かつ、その申し出をケネトが受け入れるのであれば、〈美の殿堂〉から犯罪者を出さずにすみますからね」

孝弘は、口元に手をやって、あからさまに苦笑いした。

「ごめん。要らぬお節介を焼きたがるという点では感化したみたいだな。じゃあ、僕はヨーラン・アベニウスのほうへ行くことにする。後から両者の話を擦り合わせよう。わだかまりが溶けてすっきりすれば、周囲への見方も変わるかもしれないし。まあ、そうそううまくはいかないだろうけど」

健は制服のポケットから小さな金属の粒を取り出した。

「これをお持ちください。〈虫〉に記録させます。こちらはこちらで撮ります。〈ダイク〉から〈ムネーモシュネー〉にデータを渡すんで、見てください」

「助かるよ。F(フィルム)モニターを出すわけにいかないし、オペラ鑑賞の訳詞のようにリストバンドの感圧端子に綴らせるのも、気が散って話がおろそかになるから」

「調停はもともと〈アポロン〉の役目でしょう。腕の見せどころですよ」

「確かにね」

孝弘は片手を軽く上げ、踵(きびす)を返した。

臨時ファーストクラスのパーティションのほうへと歩いていく孝弘の足取りは、しっかりとして確実。

健はそっと呟く。

「尚美が褒めるのも無理ないか」

理想。手の届かない高み。

それを心に掲げている限り、孝弘もまた芸術家の一人なのではなかろうか。

日の短い北欧の、深い青の海に突き出た崖は、ニールンド学園の敷地の一部だった。若き日のフレデリク・ルンドクヴィストは学園きっての変わり者だったが、とぼけた表情と明るい性格で友人は多かった。息子のケネトによると、いまだに寮で一緒だった学友たちからクリスマスカードが届くという。フレデリクは十五年も前に亡くなっているというのに。

そのうちの何人かに、ケネトは学生時代の思い出を聞かせてもらったことがある。フレデリクは、授業を聞かず、頻繁にサボり、自分が興味を持った分野を好き勝手に勉強するだけだったという。けれど成績はトップクラスで、先生たちも彼のことはある種の天才だと認めていた。

学友たちは目を細めて語る。フレデリクにそそのかされていろいろやんちゃなこともしたけれど、崖の上の花畑で遊んだことはとてもいい思い出になっている、と。

冷たい海風が吹き付ける崖は荒涼としていて、黄色いマツヨイグサのみが群生していた。フレデリクは立ち入り禁止のロープを越えて花の中へ踏み入り、腹ばいで観察したり、ぼんやりと空を見上げたりしていたそうだ。仲間たちが一緒になってごろごろするのを、彼は頬笑んで眺めていたという。先生や寮長に見つかって叱られることも多かったが、彼はいっこうに花畑の団欒(だんらん)をやめようとしなかった。

友人の一人はこうも言った。

やつは、我々の名前を少しも覚えず、極端に少食で、周囲のことなど気にしないかのような雰囲気があった。でも、いつも朗(ほが)らかだったんだ。場違いな発言もこちらが笑ってすませてしまえるだけの愛嬌があった。面白い、いいやつだったよ。とりわけあの花畑で過ごした夕暮れ時は忘れられない。早い日暮れに花が開きかけ、いい香りが漂って、やつが我々と一緒ににこにこしてる。いい風景だった……。

「父は俺に、花畑のことなんか話さなかったさ。俺が学生の時には、もう、アベニウスにひどい仕打ちを受けていたから、思い出したくもなかったんだろうね」

薄い唇を歪めて、ケネトはそう吐き捨てる。

植物学者になったフレデリクは、さまざまな企業の研究室に出入りし、派遣の研究員という不安定だが変化に富む生活をするようになった。彼は出先の設備を使わせてもらって自分の研究もしていた。興味の対象は、あの崖の上のマツヨイグサだ。

マツヨイグサは亜種が非常に多く、学園のものは特異な性質を持っていた。抽出物の化学式に、ある希少難病に対する薬効成分として感作(かんさ)する構造を見つけたフレデリクは、学園で同窓生だったヨーラン・アベニウスを頼り、アベニウス製薬にその情報を売った。

「父の死後に調べたところでは、アベニウスは父にこう言ったそうだ。薬剤として販売した暁には、下にも置かない扱いで生活の面倒を見るし、好きにできる研究室も与えよう、と」

ところが、何年経ってもアベニウスはフレデリクに追加の報酬を払わなかった。崖の上のマツヨイグサが全滅して、追試すらできなかったという理由で。

「花がなくなったと知ってから、父はずっとあの黄色い花を追いかけていた。同じ亜種がどこかにないか、似たような成分を持っていないかどうか。なにせ変人と呼ばれる人だからね。家族のことなんか眼中になかったさ」

ケネトは、タラブジャビーンに席を替わってもらった健を氷の針のような視線で突き刺した。自分がどんなに苦労してきたか、あとは言わずとも判るだろう、と。

「父はアベニウスの悪口を言わなかった。それがまた、十代の俺にはよけいに腹が立った。約束を反故にされてどうして飄々としていられるのかと。変人だからと舐められたとは思わないのかと。俺は学者になれるほど賢くないし、父の二の舞は踏みたくない。珍しそうなものを見つけたらネットで検索し、希少価値に見合う値で売るだけのプラントハンターだ。それでも、いつかはアベニウスをせせら笑ってやる。金を貯めて知的財産権をやつらから取り戻す。そして学園に咲いていたのと同じマツヨイグサを世界のどこかから見つけ出し、父の研究成果ごと競合会社に売っ払うんだ」

「あれの息子は、まだバカみたいな夢を見てるんだろうな。絶滅した花とそっくり同じ亜種が残っているなどと、そんな都合のいいことがあるわけなかろうに。楽天的なところは学生時代のフレデリクとそっくりだ」

ヨーラン・アベニウス会長は、頰のたるみをぶるぶる震わせながら乾いた声で笑う。

「フレデリクは、とことん変なやつだった。どうしてあんなに人気があったのか」

放課後、迎えの車に乗り込んで家への坂を下りている途中、崖の上にたむろするフレデリクたちを目にすることがあった。青灰色に暮れなずんでいく空に、花畑の黄色が鮮やかだった。制服の紺色がざわめくように動いていて、遠目にも彼らが楽しそうなのが判る。

寮生は気楽でいいな、と、ヨーランは苦々しく思っていた。その頃にはもうアベニウスは一大企業となっていて、跡取りは自宅で経営学まで学ばなければならなかった。自分がどれほど素晴らしいかをやつらに成績で見せつけてやりたかったが、どんなに刻苦勉励しても、遊んでばかりのフレデリクに敵わなかった。

嫉妬してはいけないことくらい、分別のあるヨーランには判っている。つまらない羨望で、学園生活を満喫できなくなるのは嫌だった。ヨーランは、今が責任を負わずともよい子供としての最後の時間だということを知っていた。彼は自分に言い聞かせる。世の中には天才が存在するものだし、どうせフレデリクはこちらの名前すら覚えていないだろうし。

しかしヨーランが若い重役になったばかりの時期、フレデリクは自分の研究成果を売り込みに来た。相変わらずの暢気な表情で。跡取りの重責に苦しんでいたヨーランの脳裏に、あの花の匂いが甦った。フレデリクはヨーランが同窓生だということもちゃんと覚えていて、うっかり感動してしまうところだった。

フレデリクの研究は確かに難病の治療に役立ちそうだと、アベニウスの技術者は折紙をつけた。

ヨーランは同窓生に精一杯の報酬を与え、製品化の暁には、という約束もした。

けれども持ち込まれたのは飽くまでもインビドロ、つまり試験管内での成果であり、インビボと呼ばれる生体へのテストは手つかずだった。インビボは借り物の研究室で簡単に実施できるものではない。

アベニウスはニールンド学園のマツヨイグサを求めようとした。崖の上に黄色い花はなかった。荒れ地でも生えるマツヨイグサは先駆植物(パイオニア)としての使命を終え、カヤなどの多年草に座を譲ったのだ。

アベニウスは次に、同じ化学式を持つ亜種は存在しないかを資金力にものを言わせて探した。が、ガンマリノレン酸や必須脂肪酸といった種共通のものではなく特異な化学構造であったため、再発見には至らなかった。

経営学をきっちり学んだヨーランは、フレデリクに「残念だが」と告げるしかなかった。

「私の何が間違っているかね？」

と、ヨーランはファーストクラスのカウチから身を乗り出して孝弘に詰め寄る。

「私が何か恨まれることをしたかね？」

彼は、もう話は終わりだ、と大儀そうに手を振って、上等のカウチに身体を預けた。

キプロスの生物であれば、両者は不可視ガラスで区切られるだろう。同じ人間だけれど心は共存できない二者だとして。

乗降口の分厚い扉の前で、健は嘆息する。〈デメテル〉時間、午前八時四十分。

「これはもう、崖の上のマツヨイグサが復活でもしない限り、あの二人を心穏やかにしてあげることなんかできそうにないですね」

孝弘も吐息混じりだ。

「たとえ復活しても、どうだか判らないよ。アベニウスは研究を再開できるだろうが、ケネトはそれをよしとしないだろうし。よしんば新薬が開発できても、父親亡き今、お金をもらって満足するだろうか。子供の頃に父親が不在で苦労したという過去は、いくら積まれたって書き換えられない」

「でも、難病の人を救えるっていうのは、二人ともの拠り所になるんじゃないですか。いろいろあったけどよかったね、って、手を取り合って――。ないか」

健は自分で否定した。マツヨイグサが手に入らない以上、あれこれ言っても皮算用にしかならない。

孝弘も顎のあたりに右手を彷徨わせて考え込んでしまった。

――健。

頃合いを見計らっていたのか、〈ダイク〉が語りかけてくる。

――素朴な疑問です。私は犯罪被害者の感情や、怨恨の動機というものを学んでいます。ですからこのケースも、ケネト・ルンドクヴィストが拭い去れない過去に囚われていると解釈しています。健。人はどうして過去に囚われるのでしょうか。すんでしまったことだとして清算したほうが、現状に有利に働くと知っていても。

――思い出してしまうからかなあ。

健は相棒のために曖昧な感覚をなんとか説明しようとする。

――ひょんなことで昔のことが甦るんだ。そうしたら、悔しさや悲しさ、恥ずかしさや寂しさなんかが、どっと溢れかえってしまう。情動が激しければ激しいほど、簡単に忘れることはできない。データのように消去できればいいのにな。

――有効な手立ては存在するのでしょうか。

――うーん。ショック、とか？　いい意味でも悪い意味でも。感動の涙を流すほどの価値転換があったり、囚われていても仕方がないと思い知るほど打ちのめされたり。

「健」

と、孝弘が顔を上げた。困りきった表情で。

「私たちのお節介もこれが限度かもしれない。マツヨイグサの特徴を〈デメテル〉のデータベース〈開花(タレイア)〉に教わって、植物学に強いロブ・ロンサールに相談したんだが。亜種ができやすいぶん、狙いの化学式を吐き出す組み合わせを探るには大変な数に当たらなければならないらしい。しかも生物相手となると、こちらの思惑通りにはいかないとか。交配や合成で亜種を復活するにも見本が必要だと言われた。生体がないのであれば、できれば種子、少なくとも花粉がないと」

「そうですか」

健の顔も曇る。

その時、思いがけない人物からの声がした。

「キプロスの生き物たちが聞いたら、なんと思うでしょうね」

乗降口近くの手洗いから出てきたのは、薄い生地のワンピースを着た背の高い女性だった。

「自分たちだって誰かが望んだから産み出されたのに、邪魔もの扱いされて――」

「あの島の生き物たちは、他の生物や環境に害を与えるから囲われているのです。有用かどうかで判断しているのではありません」

そう答える孝弘の顔には、あなたは誰ですか、と書いてあった。

女性はくすりと笑う。

「失礼。姿を変えたもので。トムです」

健はおろか、孝弘までが「えっ」と声を上げた。

「ジェンダーフリーなんです。広義の意味で。気分によって見かけの性別を変えたりもします。映画の特殊効果レベルで。今はこれを着けたくなったので」

と、トムは胸元の大きなペンダントを持ち上げた。燻し銀のラインがゴージャスに取り巻いているのは、メタリックな七色の光沢を放つ楕円形。角度によって色味が変化して目が離せず、虹色の光の粉に捲かれて吸い込まれそうだった。気を確かに持っていないと、つややかな表面に触れたくて手を伸ばしてしまうだろう。

健は胸の奥がじいんと痺れるのを感じた。

そうか、と気が付く。自分は今回キプロス島の中を見ていない。ここには美術品も工芸品もない。今回はなんの美も訪ってくれていなかったのだ。

正確には、あらゆるところに美学は潜んでいる。簡易ベッドの機能的な直線。洗面ボウルの陰影豊かな色合い。けれど、ケネトに気を取られていてそれらを受け止める余裕がなかった。〈アフロディーテ〉に属する者なのに、いったいどこを見てたんだ。投げやりな気分だったのはケネトと会長のせいだけではなく、自分の感性も鈍っていたせいだ。

今、目の前に掲げられたペンダントの美しさは、久しぶりに浴びる美の圧力。砂漠で得た甘露にも似て、健の全身を震わせる。

半ば陶然とする健の横から、孝弘はすっと指を出してペンダントを示した。

「ニジタマムシですね」

ぱっと自分の口を押さえた。悲鳴が飛び出しそうだったからだ。

アイツはこんな輝きだったっけ。脚がうぞうぞして、押すと腹が潰れそうで、できれば近付きたくないアイツは。

「ええ、そうです」

トムはふんわりと笑う。

「島で見てきました。生きて動いているところは、ペンダントより数百倍綺麗でした」

そうか？ そうなのか？

「私はこれがとても気に入っているのです。できれば正式に繁殖許可を取って、ビジネスにしたいと思っています」

本気か？ 虫を飼うのか？ 動くヤツを？ 商売にできるほどの量で？

「そうすれば、ニジタマムシという種属も生まれ甲斐があるというものです。彼らの命が、私のような誰かを喜ばせることができます」

喜ばせる……。

健は、指の隙間から細く息を吐いた。

──〈ダイク〉。このショックが、価値観の転換だ。俺が今度生きてるニジタマムシを見る時には、ヤツらから美しさを感じることができるかもしれない。保証はしないけど。

──価値観が変化することで、トラウマを克服して虫と和解する可能性が出てきたということですね。

まずは見てもらわなくては、と孝弘は言っていた。自分は愚かだからトムに言われるまで見解を変えることはできなかったけれど、キプロスの異形たちをまず見てもらい、何かを感じてもらうのが大事。美術品と同じように、自分で価値を認めてほしい。そして綺麗だと思う余裕が自分にあると自覚して、幸せを感じてほしい……。孝弘は、それが〈アフロディーテ〉にこそキプロス島が存在する意義だと考えているのではなかろうか。

よし、と健は心の中でひとつ頷く。

「そのペンダントはどこで買われましたか」

しっかりした声で質問した。

VWAとして訊かなければならないことがある。ニジタマムシの繁殖業者はどこかから援助を受けていたようで、まだ調査中だ。ケネトの件が膠着(こうちゃく)してしまった以上、この長いフライトを別件の聞き取りに使わせてもらう。

トムは、女性らしいしぐさで小首を傾げた。

「インドの小間物屋ですが。会長と出張した時に」

〈デメテル〉時間、午前九時二十五分。バートルが離陸してから三時間になろうとしている。旅はちょうど中程だ。

三人はファーストクラスのすぐ後ろの席に座っている。

トム・ヤーデルードによると、ペンダントを買った店は怪しい雰囲気だったという。

「壺や器が多かったものの、ただの小間物屋ではない感じでした。骨董店のようにも見えましたね。絵画がたくさん壁に飾られていて、小さな彫刻類も置いてあったし、貴金属やガラス細工もありました。私は目利きができませんが、作家ものの美術品であれば安すぎ、レプリカなら二桁多いんじゃないかというどっちつかずの値付けで、不思議な店だと思ってました」

ヨーランはウィンドウに飾られていた抽象画がひどく気に入ったようで、パステルにしてはかなりの高額だったのに、値切りもせずにぽんと支払った。白目がやたらぎょろぎょろする店主はオーバーなアクションで感謝を述べ、トムが買おうとしていたペンダントを半額にしてくれた。

中途半端な値段は、取り扱うものが盗難品だからかもしれない、と健は考えた。裏取引が成立しなかった余り物。違法に繁殖されていたニジタマムシの仕入れルートを持っているのなら、同じように盗難品も流れてくる可能性がある。

健は〈ダイク〉を介して国際警察機構に連絡し、調査を提案した。

「店先のスナップ写真などは」

「何も撮っていません」

「そのパステル画は会長がお持ちなんですよね」

トムは、はい、と答えながらビジネスバッグを探り、自分のFモニターを広げる。

「会長は、社内にリラクゼーション用のプライベート空間をお持ちで、そこに飾られています」

モニターに映っているのは、まるでクローゼットの中のように狭い空間だった。全体は薄暗く、壁面だけに柔らかな照明が当たっている。壁には、古い飛行機のポスター、オリエンタルな仮面、額装された紺色のブレザー、何かのドライフラワーなど、雑多なものが掛けられていた。当の絵とおぼしき抽象画は柔らかい風合いを持つ二種類の青が上下分割で塗られ、右の方からあたたかな黄色が楔（くさび）のように突き出しているというものだ。

健の隣で、孝弘がぴくりとする。

――〈ダイク〉。

——察知しました。国際警察機構美術班のデータと照合したところ、盗難絵画として登録があります。ナンバー四四三、ビョルン・ハータイネンのパステル画。六年前、他十七点と共に工房から盗まれ、サインはまだしてなかったとのことです。

——やっぱりな。地球にすぐ伝えろ。

——了解しました。

健は、申し訳なく思いながら告げた。

「すみませんが、この絵、少しお預かりすると思います」

「なぜですか」

「詳しくは国際警察機構美術班から所有者たる会長にお話が行くかと」

トムがみるみる表情を硬くする。

「困ります。会長もお許しにならないでしょう。学生時代を思い出すとおっしゃって、とても大切にされていますから」

学生時代。健と孝弘は思わず顔を見合わせる。トムはわずかに顔を曇らせた。

「さきほど会長が語られたように、あの方にとって学生時代は、終わりが来るのは判っている、けれど今だけはまだ身軽でいられる、そんな特別な愛おしい時間だったのです。フレデリク・ルンドクヴィスト氏に嫉妬してはならないとおっしゃっていましたが、あれはいまだにあの方を縛る自戒。彼らが歓談していた崖の上の花畑に、会長はいまでも非常に複雑な思いを抱いてらっしゃいます。ルンドクヴィスト氏を支援できなかったことについても、会社を守る立場上そうせざるを得なかったとはいえ、たいへん残念に思っておられます」

「そうなんですか」

「自分の口からはおっしゃいませんが、お側にいるとよく判るのですよ。ルンドクヴィスト氏が薬効ありと主張していた難病に関しても、当時、あの方なりのご配慮があった模様で。一般的に、罹患者数の少ない希少難病に対して、製薬会社はあまり熱心に開発をしようと思いません。製品化しても売れ数が少なく、よほど価格を高くしないと割が合わないからです。しかし、社会貢献する機会を同窓生がもたらしてくれたと、あの方は喜ばれたとか」

ブルドッグの顔つきをしていても、ヨーランは本当はいい人なのだな、と健は印象が変わるのを感じた。

「この抽象画は、青い海に突き出す黄色いマツヨイグサの崖を思い出させてくれると、とても懐かしげな表情で、会長はいつも……」

孝弘が穏やかに訊ねる。

「横にあるブレザーもニールンド学園の制服ですか」

「そう聞いています」

紺色のブレザーは、金の三つボタンがついたタイプだった。胸ポケットには学園の紋章らしき盾の形のエンブレムワッペン。中の図(チャージ)は王冠を被った歩行姿勢(パッサント)の金獅子だ。

「それ、洗濯してます?」

突然の健の言葉に、トムは「はあ?」と嫌そうな顔をした。

「ああ、いや。当時の制服だったら、マツヨイグサの種子がくっついてないかなあと思って」

「もちろんクリーニングしています。二年に一度は状態確認のためにチェックをしてますので、それごとに」

健はがっかりと肩を落とす。

「念入りなんですね。それなら花粉すら残ってないってことか」

「そうだね。マツヨイグサの花粉は糸状のものを出していて絡みやすいんだが、さすがにね。でも、いい着眼点――」

「あーっ!」

孝弘がせっかく褒めてくれているというのに、健は大声を上げて立ち上がった。

「借ります!」

Ｆモニターを摑んで、ケネトの席へ走る。

タラブジャビーンとケネトは何事かと目を丸くしていたし、最後尾の二人はうたた寝を邪魔されて迷惑そうに顔をしかめていた。

「ケネト。これ、この制服。見覚えありませんか?　家にあったり?」

Ｆモニターを確認したケネトは、いっそう凍りつくような視線で健を見遣った。

「見たことないな。制服だと?　あいつのせいで、父は学校のことなんか話さなかったし、残しているわけないだろう」

「そうでしょうけど。金ボタンの一つなんかがどこかに。拡大してよく見てください」

「しつこいな。ないものは……」

言葉尻がすっと消えた。

「どうしました」

身を乗り出した健に、ケネトは画面から目を離さないまま呟くように言う。

「ワッペン。右脚を上げたライオンの柄。父の遺品の中にあった。客死した先から戻ってきたバックパックに、確かこれが」

「家にまだありますか」

いつの間にか横に来ていた孝弘が訊くと、ケネトは、

「ある」

と、頷く。

「田代さん。エンブレムワッペンだけ外して保管してたとすると、よほど汚れてない限りそれだけを洗濯するということは考えられません」

「分析してみる価値はありそうだね」

ケネトは、いらいらしはじめていた。

「いったい何の話だ」

説明しようとして口を開きかけた時。

ファーストクラスのパーティションが音高く開いた。

「トム、トム！　絵を持って行かれてしまう！」

たるんだ頰を紅潮させたヨーランが、中から飛び出してきた。

どうやら国際警察機構美術班からの通知が彼に届いたようだった。

〈デメテル〉時間、午前十時五十分。

一般客二人を除いた全員は、ファーストクラスに集っていた。

パステル画の提出は任意だ、と何度伝えても、興奮して聞く耳を持てなかった会長は、ようやく落ち着きを取り戻した。おろおろするばかりだった案山子も一安心したようだ。

一方ケネトは、父フレデリクがエンブレムを持ち歩くほど学園を愛していたのではないかと言われても、なかなか納得できない様子だった。

「研究で家に帰らない、アベニウスに袖にされた後はマツヨイグサを求めて家に帰らない。学生時代の思い出はおろか、息子の進学先すら話し合わなかったんだぞ」

気を利かせたつもりか、トムが小声で会長の想いを伝えたが、もちろん素直には聞かなかった。

「そっちは切り捨てるだけでよかっただろうよ。片手間の社会貢献なんぞは簡単に諦められただろうし。けど、父は病気の人たちを救いたい一心で、マツヨイグサを探し続けた。支援の方法はいくらでもあったんじゃないか」

ケネトはマツヨイグサの種子や花粉がないかを調べるためにワッペンを提供するのには同意した。結果的には先に望みが繋がる展開なのに、健の気は晴れない。

二人の溝が埋まらない限り、結局〈美の殿堂〉から犯罪者を出してしまうことになる。

彼らにとって、新薬が開発できるかもしれないという喜びは、古傷を抉られた痛みを凌駕できるのか。いや、ワッペンから何も見つからなかったらフレデリクの二の舞、糠喜びしただけになる。

事情を聞き入れてくれれば、ケネトも俺のように、会長がいい人だって思い直してくれるはずだったのになあ。

嘆息する健に、〈ダイク〉が興味深いことを伝えてきた。

――人格や思考は、言葉だけでは伝わらないのです。話すだけで受け入れてくれるのであれば、世の中の事件がこう多いわけはありません。それこそ、健が言っていた何らかのショックがないと、そうそう簡単には考え方を改められない、それが人間の性であると解釈しています。

ショックという単語を悪いほうでイメージしたのが伝わったのか、〈ダイク〉が付け加えた。

――それゆえに人はさまざまなボディタッチを用いるのです。言葉に手のぬくもりを添える。言葉で慰めるよりもハグのほうが落ち着く。身体接触は、自分の空間的縄張り、つまりパーソナルスペースを破られたショックに他なりません。その衝撃で言葉にならない気持ちが伝わる。伝わった気持ちに自分の心も影響される。私はそう推察しています。

それは肉体を持たない〈ダイク〉たちＡＩの、羨望。

――しかしなあ。ヨーランにもケネトにも俺がいきなり抱きつくわけにはいかないし。

ヨーランが嚙みつかんばかりのケネトに抱きつくところなんて、絶対想像できないし。

〈ダイク〉はすらりと肯定した。

――もっともです。別のよい衝撃がもたらされるといいのですが。

「エンブレムワッペンの分析日程を押さえたよ。でもやはり、美しさを感じ取ってもらえるほどのことはできなかったね。甘かった」

孝弘が健のそばに来て、ぽつりとこぼした。

「これで会長が気を悪くして、キプロス改装から手を引いたりしたら、最悪だ」

なんだかキプロスの生き物を不可視ガラスの外から眺めている気分だ、と健は思った。生まれてしまったもの、起きてしまったこと、それらに対して何とかしてやりたいのに手出しができない。ただ見ればいいと言われても、自分の不甲斐なさで苦しいばかりだ。

そもそもたった六時間で積年の誤解が解けるだなんて、それこそ理想にすぎるしな。

すでに大陸の夜空に差し掛かっているバートルの機内には、重苦しい沈黙が垂れ込めている。

〈デメテル〉時間、午前十一時二十分。中心街のグリニッジ標準時では、真夜中前の二十三時二十分。あと一時間十分ほどで着陸だ。

孝弘は自席に戻ろうとするケネトを引き留め、ファーストクラスの壁面にパステル画を呼び出した。盗難絵画ナンバー四四三、ビョルン・ハータイネンの、二種類の青と黄色い三角形の抽象画。

ヨーランは愛する絵を目にしてほっとしたように深呼吸をし、カウチに沈み込んだ。

ケネトはちらりと視線を馳せたが、すぐに興味なさげに俯いた。

「万策尽きたんで、せめて絵でも見てもらおうと思って」

と、孝弘は健にこっそり打ち明ける。

「向き合うよりも、美しいものを一緒に見る。田代さんがいつも言ってる、理想の付き合い方ですね」

しばらくまた沈黙が降りた。

案山子が姿勢を変えて口を開きかけたが、お得意様は絵画を熱心に見つめているので、藪から蛇を出さないために黙り込んだ。

タラブジャビーンがわざとらしい大あくびをする。

まだ誰も喋ろうとしなかった。

〈デメテル〉時間で午前十一時四十三分、ヨーランがゆっくりとケネトのほうを見、すぐに視線を絵に戻した。

「なあ、トム」

呼ばれた付き人は、するりと会長の傍へ寄る。

「いい絵だとは思わんかね。それとも、お前にはただの幾何学模様にしか見えないか」

トムは紅を引いた唇で、薄く頰笑んだ。

「善い悪いは判りませんが、私は好きです。見れば見るほど味わい深い。パステルというのがいいですね。塗りムラが面白いですし、単純な直線が揺らいでいるようであたたかい感じを受けます」

ヨーランは、ふーむ、と満足げな息を吐いた。

「上の方の青は、澄んでいてどこか透明感がある。下の方の青は、深みがあって微妙な濃淡のリズムがある。空と海だ」

抽象画を具象で解釈するのはいかがなものかと健は思ったが、トムや孝弘に倣って何も言わずにおいた。

「そして黄色は元気いっぱいにざわついておる。私にだけは聞こえるんだよ。歳を取ると、なんでもない図形にすらいろいろな想いを重ねられるようになるからな。あれは崖だ。空と海とのあわいに斬り込んでいく、若々しい崖だ。まだマツヨイグサしか生えられなくてな、花は、ほら、さわさわと揺れていてな」

ケネトが、聞こえよがしに「ふん」と鼻息をたててそっぽを向いた。

夢見がちな瞳をしたヨーランは、構わなかった。

「この絵描き、本当は何を表現したかったのだろうね。私にはあの崖の上の花畑にしか見えないんだが」

「絵画はどのように受け止められてもいいのです。抽象的ならなおさら。ご自由にどうぞ」

孝弘が静かに言うと、ヨーランはうっすらと笑みを浮かべた。

「いい絵だ。花の香りが甦る。学生時代が思い出される。黄色の塗りムラに、同窓生たちの姿がおぼろげに立ち上がる。あの右端の濃いところは、きっとオリアンだ。体格のいいやつだった。微妙に赤味のかかっているところがあるだろう、あそこは、なんという名前だったか……そう、ヴィクセル。ヴィクセルの雰囲気がする。他にもたくさんいた。丸顔のやつ、ひょろ長い脚が自慢だったやつ、いつもふざけていたやつ、女にもてるやつ。みんなあそこでたむろしていた。ふうっといい風が吹いてね、話し声が下の道にも聞こえたりして。おお、よく見ると、この絵には風まで描いてあるじゃないか」

まるで語り部のような抑揚に、ケネトがついに絵へ顔を向けた。

「私はずいぶん格好をつけていたが、今こそ認めよう、羨ましさはいくら屁理屈をつけても拭いきれなかった。正直、憎かった。短い学生時代を花と友と過ごすことがどれほどの贅沢か、あいつらは知っているのだろうかと。とりわけ、なんの努力もせず、輪の中心でのほほんと笑っているあの変人に、この貴重さが理解できているだろうかと」

ケネトの肩がぴくりと動いた。

「まさかあれほど群生していたマツヨイグサまで失われてしまうとは、私も予想だにしなかった。もっと早くに気が付いていれば、何か方策が取れただろうにな」

ケネトの両肩が震えはじめた。フレデリクが話を持ち掛けるのが遅かったという意味に取ったらしい。

健はタラブジャビーンと目配せをして、いつでもタックルできるように身構える。

「いや、まだ取るべき方策はある」

凛とした声だった。ヨーランはぐっと顎を引いて、決意の眼差し。

「学園は残してくれた。私に幸せな思い出を。フレデリクの学園愛が籠もったエンブレムを」

ケネトは、立ち上がりこそしなかったが、冷酷に言い放つ。

「古ぼけたワッペンに、本当に花の種や花粉がついたままだと思うか？　それでまた金や名誉を得られると？　世の中はお前の理想通りにはいかない」

立ったのはヨーランのほうだった。彼は僅かに緊張の面持ちで、ゆっくりとケネトに近付く。

「付着していなければ、同窓生に呼びかけてみるさ。制服を残していないかとね。君がそれをやりなさい」

「なんで俺が」

ヨーランは、崩れるように笑う。

「私はフレデリクと違って人望がないんだよ」

それはケネトにとってどれほどの衝撃だっただろう。本当に氷の像になってしまったかのように、青ざめて動かない。

会長は、そっと若者の肩に手を置いた。

「フレデリクは変わり者だったが、とてもいいやつだった。羨ましくはあったけれど、私も彼が好きだった。あえてひどい仕打ちはしなかったつもりだよ。彼にそっくりな君にも嫌われたくはない」

健には、肩に伝わる掌のあたたかさが彼の心を融かしているのが見える。これを見ている〈ダイク〉が言葉なく羨ましがっているのが判る。

「私たちは、フレデリクがどんなに気儘に振る舞っても、あいつはそういうやつだからと笑って見逃していた。けれど血を分けた息子ならそうはいかないね。花を求めて放浪する友人は格好いいが、家を顧みない父親は最低だ。フレデリクは身勝手で最低な父親だったんだ」

父親をストレートに批判され、ケネトは息巻くかと思われた。

しかし彼は、憑き物が落ちたかのように全身の力を抜いた。

「俺も羨ましかった」

彼はほとんど聞き取れないような声で言う。

「あなたが花畑を羨んだように、俺も好きなことしかしない気楽な父さんのことが、羨ましくも好きだった。だから……」

それ以上は続けられない。

ヨーランは優しく肩を叩き、ケネトはぐっと唇を結んだ。

それから二人は並んで座り、無言でパステルの抽象画を眺めた。

グリニッジ標準時、午前零時三十分。

――健。

――なんだ、〈ダイク〉。身体的接触と閉じこめられたキプロスの生き物についての比較考察なら、まだよくまとまってないよ。

――違います。ビョルン・ハータイネンの絵画盗難事件を担当する国際警察機構美術班からの連絡です。ヨーラン・アベニウスとトム・ヤーデルードが全面的に協力するとのことで、インドのルートだけではなく一連の美術品盗難及び贋作事件についての大掛かりな作戦を組むそうです。

舞い降りるバートルを、宵を待ち続けたどこかの黄色い花が、咲き誇って迎える。

Ⅵ

歓喜の歌

博物館苑惑星〈アフロディーテ〉。ラグランジュポイントに位置するそこでは、美の女神の名にふさわしく既知宇宙のあらゆる美が蒐集(しゅうしゅう)され、日夜研究が続いていた。

三つに分かれた各専門部門では、脳外科手術を受けてデータベースと直接接続された学芸員たちが活躍している。

〈知恵と技術の女神(アテナ)〉は絵画や工芸品といった美術の中心的分野で、データベースの名は〈喜び(エウプロシュネー)〉だ。

〈詩と音楽の神々(ミューズ)〉は音楽、舞台、文芸が専門で、〈輝き(アグライア)〉が寄り添っている。

オーストラリア大陸ほどの表面積しかない惑星で広大な土地を占める〈農業の女神(デメテル)〉は、動植物を取り扱っていた。学芸員たちは〈開花(タレイア)〉の存在がなかったならば、印象や不確かに霞(かす)む記憶、曖昧なイメージなどを検索ができず、草花の同定にすら手間を取られたことだろう。

それら三部門の上位にいるのが太陽神の名を戴く〈総合管轄部署(アポロン)〉だ。データベースも各部門の〈三美神たち(カリテス)〉より権限が強く、自由にアクセスできる。名は〈記憶の女神(ムネーモシュネー)〉。惑星全体の運営や、ジャンルを超えたコラボレーション企画の統括といった穏やかな案件だけではなく、専門学芸員たちの分野争いの調停といったトラブルの仔細も、〈ムネーモシュネー〉は覚え込んできた。

近年、新たに情動記録が取れるようになり、美に接したときの感情の動きもある程度は残せるようになっている。

〈アポロン〉の新人学芸員、尚美(なおみ)・シャハムは、今の自分の感情がそのまま〈ムネーモシュネー〉に記録されないよう、伝達意識レベルを注意深くコントロールしていた。

先輩学芸員である田代孝弘(たしろたかひろ)は、よく、「唯一の男神であっても、所詮(しょせん)女神様たちの使い走りだよ」とこぼしていたが、ここ数日は文字通り、お使いを言いつかって走り回るようなドタバタだった。

今も尚美は、呼びつけられて、小走りで石畳の歩道を進んでいた。今日一日でいったい何件の厄介事を片付けただろう。中心街の技巧を凝らした展示館やホテルが、暮れなずむ空にぼんやりと白く浮き上がる美しい時間なのに、あたりを見回す余裕すらない。背の低い彼女は歩幅も狭いので、ヒールの踵の音も、自然と、カッカッカッと速くなってしまっている。自分のたてる足音が、さらに自分を煽りたて、尚美はさきほどからのムカムカをどうにも抑えきれなくなった。

「あーっ！　もうっ！　こんな日に次から次へと！」

あたりにいる人々がぎょっとして顔を向けた。

夕方の繁華街。いつもより格段に人が多いのは、今夜が特別な夜だからだ。

〈アフロディーテ〉五十周年記念フェスティバルが、真夜中零時に開幕する。

選りすぐりの学芸員たちが何年もかけて準備をし、三ヵ月ほども続くお祭りとあって、地球から夥しい観光客が押し寄せているのだった。ホテルはおろか場末のインまですべて埋まり、〈エーゲ海諸島〉地区をはじめとする観光客向けコテージが建ち並ぶ海辺には、簡易宿泊のカプセルが蜂の巣の形に積み上げられている。

人は多いのに、肝心の展示施設は明日からの特別展に備えて閉めているところが多く、通りは人で溢れかえっていた。こういうとき背丈が足りないと何かと不便で、強引な早足で進むものの、洗濯機の中の靴下の気持ちがよく判るようになってしまったし、人いきれに沈んで溺れそうになる。

周囲の人波が、叫んだ尚美の剣幕に驚いてそそくさと身を引いた。

ちょうどいい。人を掻き分ける手間がはぶける。

尚美は、ふん、と鼻息を荒くして、いっそう歩調を速めた。

到着したのは、最大手の印刷会社。どんなに時代が進んでも、人は紙でできたカタログやパンフレット、絵はがきなどに目がない。郊外の工場では、急ぎ仕事に印刷機が轟音をあげていることだろう。この事務所の中も、みな、通信応対やデータ入力で慌ただしく、熱気でむせかえるようだった。

「〈アポロン〉の尚美・シャハムです。こ……ご用件はなんでしょうか」

今度はどんなトラブルよ、と訊きたいのをかろうじて言い直した。

シャツを腕まくりした責任者からは、焦燥と困惑が斑（むら）になって立ちのぼっていた。

用件はこうだった。

「マシュー・キンバリーって人、どうにかなんないの？」

尚美は、頭を抱えて倒れそうになった。またマシューの名前がでてきた。彼は同じ先輩でも孝弘とは違っておそろしいほどの問題児で、しかもあちこちの企画に一枚嚙もうとするタイプなのだ。

マシューは明日から、「モナ・リザ　本物と贋作」という大きな展示をすることになっている。準備段階でも〈アテナ〉との間に何度も騒動を起こしていたのに、今になって図録を差し替えるかもしれないと印刷所に言ったらしい。

「大きなミスでもあったんですか」

尚美が訊くと、印刷屋は、とんでもない、と両手を振った。

「なんでも、今晩あたり、出自の怪しい絵画が何枚か手に入るかもしれないってことで、その中にモナ・リザがあったら、ホットなニュースとして一緒に展示するとか言ってるんだよ。あの人は、贋作といえばモナ・リザぐらいあるだろうって無責任な期待でいっぱいなんだけど、どうよ？」

「どうよ、と言われましても」

マシューのことをどう思うか、なのか、贋作入手は本当なのか、の両方の意味にも取れる。どちらにせよ、尚美が軽率な返事をするタイミングではない。

口が軽いにもほどがある、と本当は地団駄を踏みたかった。

同期で入った〈権限を持った自警団(VWA)〉の兵藤健(ひょうどうけん)が、怪しい美術商と大事な局面を迎えようとしているというのに、この段階で、彼らから巻き上げた贋作を、もう、しかも簡単に、展示できると思っているマシューの太平楽(たいへいらく)が許せなかった。

今夜の折衝が権限B以上の学芸員全員に知らされているのは、話し合いの結果によっては悪党どもが同時多発的に何かを起こすかもしれないという非常事態に備えるためであって、自分が担当する企画に利用するためではない。

本当は、尚美も健に同行したかった。最新バージョンのインターフェイスで〈ムネーモシュネー〉に接続されている自分なら、少しは役立つかもしれないと思ったから。けれど、〈ムネーモシュネー〉は情動記憶型ではあるもののただのデータベースだ。経験の浅い尚美が犯罪者の前でうまい反応を返せるわけがないし、なにより直情的すぎるので危険が伴う現場に行かせるわけにはいかない、と、孝弘を含む全員から反対されてしまったのだ。

自分は唇を嚙む思いをしながら雑用で走り回ってるというのに、マシューは……。

「火事場泥棒みたいなことしてくれて！」

「は？」

「あっ、いえ、何でもないです。ちょっと悪口が出ただけです」

「やっぱり問題ある人だよねえ。あの図録、表紙が箔押しなんですぜ。普通の印刷より一工程多い。おまけにもう初回を納品してしまっている。どうよ？」

印刷屋はずいっとのしかかるような姿勢になった。尚美に八つ当たりを始める気配。

「とりあえず、連絡を取ります」

吐息を呑み込んで、彼女は印刷屋の気が収まるように、声に出して言った。

「〈ムネーモシュネー〉、接続開始。マシュー・キンバリーに繋いで」

自分はこんなつまらないことしかできないのだろうか。健は悪党に立ち向かっているというのに。

頼みの綱は、健に直接接続された〈正義の女神(ディケ)〉、彼が呼ぶところの〈ダイク〉だけだ。孝弘と〈アテナ〉のベテラン学芸員ネネ・サンダースが経緯を見守ってくれているとはいえ、健とヨーラン・アベニウスをその場で守れるのは〈ダイク〉の迅速で適確な判断能力だ。

囮(おとり)捜査だなんて、あの単純バカのトンチキに人が騙せるわけないのよ。頼んだわ、〈ディケ〉。どれだけ賢くなったか、今こそ養育者に見せてやりなさい。

先輩学芸員を頭ごなしに叱りつけるまでの数秒間、尚美は切に祈った。

健は緊張している。

〈アフロディーテ〉随一の高級宿泊施設〈テッサリア・ホテル〉だ。しかも貴重品管理室付きのロイヤル・スイート特別室だ。自分が着ているのはVWAの制服ではなく、最高級のブランドスーツだ。

——健。無理に頰笑まなくてもいいです。表情が不自然になります。

頭の中の相棒が忠告してくれた。

健は、立派な調度を見回さないように注意しながら、軽く顔を伏せてヨーラン・アベニウスの後に続いた。慣れない薄化粧をしているので、頬骨のあたりがむずむずして仕方なかった。

製薬会社会長のヨーランは、〈アフロディーテ〉に来て長年のわだかまりが解けたことを喜び、手元に所有する思い出深い盗難絵画が事件解決によって正式に自分のものになるのであれば、と、捜査への協力を申し出ていた。

ヨーランは、自分に盗難絵画を、彼の秘書的存在であるトム・ヤーデルードに無許可養殖の昆虫の翅(はね)を売ったインドの小間物屋に、もっと上等のものがほしいと持ち掛け、怪しい品々の出所だと以前から国際警察機構美術班が目を付けている〈アート・スタイラー〉という組織に接近したのだった。

インドで気前のいい支払をした上客に、アート・スタイラーはしばらくして食いついてきた。

しかし、今、健とヨーランの前方にある大きな両袖机の向こうでにこやかな笑顔を浮かべている四十絡みの男性が、ラスボスとは思えない。

アート・スタイラーのボスは国際警察機構美術班をもってしてもいまだに正体も居所も

掴めないという。これまでに捕らえた小者たちはボスの名前すら知らず、幹部の連絡方法も変動周波数を小刻みにチェンジするので膨大な地上の電波から特定するのは困難だったのだ。

バルド・ヴェルキと名乗ったその白人男性は屈強な手下を三人も侍らしている様子からして幹部であることには間違いないが、いくら大きな商談とはいえ、用心深いボスが自らのこのこ出てくるとは考えにくかった。

手下どものスキャン装置でボディチェックを受けながら、ヨーランは苦笑した。

「よりによって五十周年記念フェスティバルが始まろうという日を指定してきたのは、祭りが見たかったからだろうか」

さすがは大企業会長、取り引きの場では百戦錬磨の余裕だ。

バルドも動じず、いっそう笑みを深くする。

「そうです。それに、私たちの美術品をお求めになる見巧者の方々は、この時期、こぞってここを訪れていますからね。明日からのスケジュールも真っ黒に埋まってますよ」

「それはそれは、商売繁盛でよろしいですな」

手下の一人が、健のボディチェックを始めた。もちろんVWAであることを示すものは何も携えていない。いくら身体を触られても、脳内接続された〈ダイク〉が見つかるわけはなかった。

　バルドは、机の上に広げていた端末に、ちらりと目を落としてから、

「アベニウスさん、付き人を変えられましたか」

　健の背中を冷たい汗が落ちたが、ヨーランは落ち着いていた。

「いいや。トムは外見がよく変わる。ジェンダーフリーでもある。女の姿のほうがよかったかい」

「どちらでも」

　バルドが如才なく答えたので、健はくふっと笑って見せた。少しでもジェンダーフリーの優雅さを感じ取ってくれればいいのだが。

――健。バルド・ヴェルキの経歴が綺麗すぎます。〈守護神（ガーディアン・ゴッド）〉にも〈点呼（ロールコール）〉にも、ほとんど記載がありません。軽微な犯罪がプライバシー保護法によって非公開になっているわけでもないようです。

〈ダイク〉が囁きかけてきたので、健はそっと内声で応答した。

――偽名は承知だが、国際警察機構も人物データベースも真っ白っていうのはいただけないな。これはやっぱり……。

――察知しました。私もそう思います。

健が〈ダイク〉に言葉なく伝えた疑惑は、アート・スタイラーが国際警察機構のデータベースシステムにも介入できるのではないかということ。以前、アート・スタイラー絡みの贋作事件の時、木下五郎という美術班の刑事が手品のように消えてしまった。もはや彼が本当に警察関係者だかどうだかも判らなくなっている。鉄壁の守りが破られるなど恐ろしくて考えたくもないが、そこまでできるのであれば、バルドの前科を抹消することぐらい簡単だろう。

——ケン。

今度は、耳の中でネネ・サンダースの声がした。

——彼らがここへ持ち込んだ美術品のリストを確認したわ。空港での検疫品とも合致してる。額装された大小の絵画、立体造形物、全部あまり有名でない新進気鋭の作家のものね。土産物扱いの商品も持ち込んでいるけど、これはあからさまにレプリカと判る品で……。要するに、少なくとも表向きは、盗品や贋作を持ち込んでいる証拠を押さえられない。

——そんなことだろうと思ってました。簡単に尻尾を出すくらいなら、国際警察機構が手を焼くわけないですからね。

嘆息まじりに答えると、今度は田代孝弘の声が。

——その国際警察機構美術班からの要請が、ＶＷＡのスコット・エングエモ署長経由で入っている。危なくない程度に彼らをくすぐって、できるだけたくさんの作品を目の前に引き出してくれとのことだ。〈ムネーモシュネー〉にも検分させる。

——了解しました。

——気を付けて。

スキャン装置をかざしていた手下がやっと身を離したので、健はゆっくりとバルコニーに近付いた。

手下たちが身構えるのが視界の隅に映ったので、ガラス戸を開けずに手摺りの間から眼下を見下ろし、なるべくゆったりした口調で、

「すごい人出ですね」

と、切り出した。

「お祭り見物したい気持ちはお察ししますが、高価な美術品を運ぶには、少しばかり危険な時期かと。私は、美術品強奪の場に、会長が居合わされてしまうような事態は避けたいですね。何か対策は」

「ご安心を。奥の貴重品管理室にもう一人いまして、部屋の周囲やホテル周辺をモニターしています。怪しい動きがあれば即座に報告してくれますよ」

彼らを捕らえようとする警察の動きもしっかり見ているということだ、と健は肝に銘じ

た。先輩VWAのタラブジャビーン・ハスバートルたちがひそかに待機しているが、幸いまだ勘づかれていないようだ。

バルドは大仰に両腕を広げてこう続ける。

「それに、ここは〈アフロディーテ〉でしょう？　バカがつくほど、暢気なところです。穏やかすぎてVWAが腑抜けるくらいと聞いていますよ。薬九層倍の大企業の会長以上に悪い人なんて、そうそういないのでは？」

ヨーランは冗談の種にされて、笑い声を上げる。お蔭で、VWAをけなされた健も平常心を保つことができた。

「では、捕まらないように気を付けなければならないな」

ヨーランが言うと、バルドの表情が狡猾さを帯びた。

「その時は助けて差し上げますよ。いかようにでも。ただし、高く付くでしょうが」

――〈ダイク〉。今の微表情をしっかり覚えておけよ。奴らの本性だ。

――はい。

バルドは、夕食をどうするか訊ね、ヨーランが軽くすませてきたと答えると、ソファへ座るように勧めてさっそく商談に入った。

バルドはまず、付き人のほうから懐柔しようとする。トムの購入履歴から、壁面に恐ろしいものを投影したのだ。

　ぞくっと健の背筋が凍った。顔色に出ていないことを祈るばかりだ。

　大きく映っているのは、長いマントだった。たぶん夜会用なのだろう。全面がぎらぎらと虹色に輝いている。褪せることのない構造色の虹色。タマムシの翅がびっしりと縫い止められているのだった。

　――健、虫嫌いは承知だが目を離すな。〈デメテル〉にニジタマムシか他のタマムシかを問い合わせている。

　厳しい声で孝弘が言うので、健は必死に目を見開き、まあ素敵、という表情を浮かべようと努力した。

「このガウン、私の背丈に合いますか」

　質問すると、バルドは手元の端末を見て、

「大丈夫です。一メートル五十二センチの長さがありますから」

　――よくやった、ケン。比率が出る。

　突然、少し柔らかい別の声が割り込んだ。〈デメテル〉の直接接続学芸員、ロブ・ロンサールだ。

　――うん。ニジタマムシの大きさだね。念のためにカミロ・クロポトフに確認を取るが、おそらく間違いない。

昆虫専門の同僚の名前を出して、ロブはそう伝えてくる。

ここには自分と〈ダイク〉しかいないが、輝かしい男神のもとに〈アフロディーテ〉の全分野が協力してくれているのかと思うと、じんわりと安心が広がった。

心強さを得た健は、カマをかけてみることにする。

「私の買ったペンダントに使われていた珍しいタマムシですよね。すごい数。捕まえるのは大変だったでしょうに」

「養殖業者がいたんですよ。最近廃業してしまったので、これはもはや貴重品です。お薦めですよ」

「廃業ですか。ああ、だから大量のこの虫が〈キプロス島〉に保護されているんですね」

「さすがにご存じでしたか。アベニウス製薬があの島に研究所を構えると聞いています。こんなにも美しい虫なのですから、ぜひまた一般人の手に戻ってこられるよう、お働きを」

許可なく産み出された生物たちを閉じこめている孤島で蠢いていた、生きたニジタマムシを思い出してしまい、頭の中でヤツの脚が這い回っているような感触がしたが、精一杯の笑顔を作った。ニジタマムシ養殖者のイシードロ・ミラージェスをお縄にして廃業に追い込んだのは自分たちだと、絶対に悟られてはならなかった。

「どうだね、トム。この後いい絵が出てきたら、一緒に買ってあげてもいい」

健はヨーランに向け、軽く首を横に振った。

「私には派手すぎます。ペンダントで充分です」

「そうですか」と、バルドは軽く落胆し、しかし未練なくすぐ映像を引っ込めた。購入する客は他にいくらでもいるということか。

彼は軽くジャブを打つように、幾枚かの絵画を投影した。

ヨーランは、少し顔を輝かせたり悩み込んだりして、のらりくらりと躱(かわ)す。

バルコニーの外は、いつの間にかとっぷりと日が暮れていた。


もう日が暮れてしまった。

尚美はベーグルサンドを片手にまだ群衆の中を走っている。

零時の鐘が鳴る前から〈ミューズ〉の大型企画が始まるので、そっちのほうのトラブルも後を絶たなかった。

〈アテナ〉から借りた時代衣装が汚れている。〈デメテル〉が調達するはずの花束がまだ届かない。果ては、見つけた迷子が泣き喚いていてうるさいので、権限Bで放送をかけて保護者を探してくれない？

自分は〈アポロン〉学芸員であって、衣装係や花屋ではないし、ましてや優しいおまわりさんでもない。

担当してくれそうな部署に割り振っても割り振っても、あとからあとから通信は届く。端末の音声はもちろんのこと、直接接続者の学芸員ですら、何人もが便利屋〈アポロン〉の新人（ルーキー）に厄介事を押し付けようとして、脳内で呼びかけてくるのだからたまらない。

フレッシュチーズを挟んだベーグルを大きな口でかじりながら次の場所へ急ぐ尚美に、また端末が呼び出し音を届けた。公衆端末からの音声通信だ。

人混みから抜け出し、明るい街灯の下で立ち止まってから、尚美は精一杯よそ行きのいい声を出す。

「尚美・シャハムです。どなたでしょう」

「はーい、私よ。ティティ」

ネネ・サンダースの姪、トラブルメーカーからの通信とあって、みるみる尚美の目が吊り上がる。

「何の用っ！」

「やだー。なんで私だと判ったら態度が変わるのよ」

「こっちが本当。さっきのはキリキリと絞り出した、なけなしの愛想」

「ああ、忙しいものねえ」

判っているなら通信してくるな、と尚美は叫びそうになった。が、機嫌良くそぞろ歩いている観光客たちの気分を害したくなかったので、ぐっとこらえる。

「特に用はないんだけど。そろそろ駐機場へ行こうかなーって」

尚美は、ふっと短く息を吐いてから、

「どうぞ。じゃあね」

と、通信を切ろうとした。

「待って、待って。冷たいなあ。大仕事をする前のアーティストに対して、ひどいんじゃない」

「その大仕事のせいで、こっちがどれだけ今まで頑張ったと思ってるのよ。私、気象台と航空局にはもう二度と顔を出せないわ」

端末に嚙み付かんばかりに言い募ると、ティティは急に静かになった。

「……だよね。今までほんとありがと、ナオミ。だから、出る前にあなたにお礼を言っときたくってさ」

予想外の言葉に、尚美は大きな目をさらに引き剝いた。

「ナオミだけじゃなくてみんなに感謝を伝えたかったんだけど、ネネおばさんもタカヒロも通信不可になってるし。よろしく言っといて。私、頑張るから」

なんだか、これからティティの乗るグライダーが墜落するフラグみたいに聞こえる。尚美は不安を振り切って、ようやく、

「判った」

とだけ答えた。

「頑張る、だけじゃ足りないな。命かけて頑張る、ものすごく頑張る、それぐらい言っといて。私、こんな記念すべき日にパフォーマンスできて、すっごく幸せ。ドキドキしてるし、ワクワクでじっとしてられないし、大声で歌いたい気分。このときめきを、見る人みんなにもきっと味わわせてみせる。期待してて。じゃあ、行ってくる」

台風娘ティティは、言いたいことだけ言うと一方的に通信を切った。

尚美は沈黙した端末に、「なによ」と呟きを落とす。

そしてぱっと顔を上げ、ベーグルサンドを乱暴にかじった。

もぐもぐと口を動かしながら、尚美は頭の中の女神に呼びかける。

――〈ムネーモシュネー〉、一番急ぎの案件は何だっけ。

すぐに柔らかく深い美声が返る。

――〈シンタグマ公園〉で、水を使って空中に文字を描いているサニー・R・オベイに対し、申告よりも水の使用量が多いと通告するのがもっとも緊急です。濡れた観客からの苦情が四件寄せられています。

――判った。

尚美は最後の一口を人差し指で押し込んで、また早足で進み出す。

――〈ムネーモシュネー〉。私の情動を記録して。今の気持ちを公開用じゃなくて私的に取っておきたいの。それにあなたに記録してもらってると思えば、少しは腹を立てなくてすむと思うから。

――了解しました。プライベート設定で記録を開始します。

酔っ払った大きな男が、どん、と尚美にぶつかってくる。

尚美は「気を付けてくださいね」と頬笑み返した。

――〈ムネーモシュネー〉。私も頑張る。とっても大変だけど、私がこまごま解決しなければ今夜からのフェスティバルは成功しない。ほんとはそんなこともないだろうけど、そのつもりで働く。

ティティも、ネネも田代さんも、そしてあのオタンチンの同期もきっと頑張ってるんだから、私も……。

バルドは次から次から画像を見せた。いろいろな作品を鑑賞できて楽しくはあるけれど、時間ばかりがいたずらに過ぎていく。ヨーランはゆったりと楽しんでいるようだが、健はしだいにいらいらしてきた。

――そろそろ画像じゃなくて実際の絵を見せてくれと言っちゃ駄目かな。

健は〈ダイク〉と孝弘たち両方に訊いた。即座に反応したのは〈ダイク〉だった。

――もう少し我慢してください。じきに奥から絵を出してくるでしょう。

――なんでそう思うんだ。

――数で圧倒して顧客を退屈させておき、いきなり鮮烈な印象の別のものを出す。目先が変わってハッとすると、人間はその軽い衝撃を運命の出会いのように解釈してしまうことがあります。そこからねじこむようにして押し売りをするのが、悪徳商法の手口のひとつです。

――なるほど。カタログ販売は前座というわけだな。

ちょうどその時、バルドが言った。

「いろいろ見ていただきましたが、そちらの具体的なご希望はございますでしょうか。お好みなど聞かせていただければと」

「そうだなあ」

ヨーランがちらりと健のほうを見る。

――ネネさん。やつらが持ち込んだ絵画はどんなのですか。

――駄目よ、教えない。ズバリと言うと不自然だもの。好きに答えなさい。

健は一度瞑目（めいもく）してから、ヨーランに訊いた。

「風景画などどうでしょうか。抽象画はすでに持っておられますし、穏やかな絵がよろしいかと」

「そうだなあ」

ヨーランはもう一度同じことを言って、今度はバルドを見た。

それを肯定と受け取ったバルドが、「それでは」と、一つ、指を鳴らした。

身じろぎもせず待機していた手下の一人が奥の部屋へ引っ込むと、すぐに横三十センチほどの油彩を持ってきた。クールべふうの波が描かれている。透明感は素晴らしいが、もうひとつ物足りない感じだった。

――リストによると、アデラ・サイアーズの「緑の海」。たぶん真正品だけど、うーん。

ネネが情報をくれた。残念ながら〈ダイク〉が予測した売り付け効果は彼女には通用しないようだ。声音（こわね）が全然ときめいていない。

「やはり実際に見るのはいいものだね」

ヨーランは一応そう口にして、しかしすぐに首を横に振った。

「フレッシュな感じがするが、私には合わないようだ」

「では」と、バルドはまた指を鳴らす。

次に手下が持ってきたのは、一面の花畑の風景だった。

ネネが教えてくれた画家は先ほどと同じく聞いたことのない名前。これもちゃんとした品ということだが、ただ綺麗な草原であり、筆運びがワンパターンな印象だった。

バルドは他にも三枚持ってこさせたが、どれも事前に持ち込み許可を取った新人作家の真正品で、怪しい来歴もなければたいした魅力もないものばかりだった。

――ヤバいブツ（ホット・プロパティ）はなかなか見せないみたいね。

ネネが唸り、孝弘も力なく続けた。

――ここは相手のペースで待つしかないだろうか……。

――俺、仕掛けてみます。

――駄目だ。危険だ。

健は構わずに口を開いた。あでやかな笑み、というのを心がけながら。

「会長。私は、森に小川が流れているようなのが好きです。掛けた部屋の空気が爽やかになる気がするので」

「ふむ、それはなかなかいいね」

ヨーランが目を細めて頷くと、バルドが一瞬、迷ったように見えた。

——察知しました。私もバルドは何らかに逡巡しているると判断します。視線が揺れ、目の下の筋肉と口の端が微妙に動きました。

バルドはふと視線を下げた。机の上の端末に素速く目を走らせると、小さく「そうか」と呟いた。再び顔を上げたとき、彼は妙に自信たっぷりだった。

「お二人が好まれそうなものを、お見せしましょう。残念ながら、実際には持ってきておりませんが」

ふっと壁に絵が灯った。

奥深い森だ。生い茂った枝の間から、レンブラント光線とも天の梯子とも呼ばれる薄明光線が、幾筋も差し込んでいる。倒木から若木が芽生え、シダ類が足元を覆う、貫禄のある生態。

その左奥から右手前にかけて、小川が流れていた。清らかな水は岩にぶつかって白くしぶいている。

——「グスタフの森」! 何てこと!

――盗難絵画登録と合致しました。ナンバー二九二。ノーラ・ウーリヒの「グスタフの森」。十二年前にアッテンボロー美術館から強奪。

ネネと〈ダイク〉が同時に伝えてくる。孝弘がさらに続けた。

――プエルト・バラスの画廊〈ランパラ〉の店先でぼんやり写った絵画と、九十六パーセント一致する、と〈ムネーモシュネー〉が言ってる。詳細は追って科学分析室のカールが教えてくれるだろう。

これか。これだったのか。写真家ジョルジュ・ペタンは、背景にこれを写し込んでしまっていたから、嫌がらせを受けていたんだ。

「ほう、なかなかこれはいいですな。実際に見たいものだ」

何も知らないヨーランが映像に目を細める。

健は彼の横で、どうする、どうする、と自問自答を繰り返していた。

――落ち着いてください。表情が不自然になります。

〈ダイク〉の忠告に従いたいが、心臓の鼓動が収まらない。

盗難絵画だと判明したけれど、ここに実物がない以上、言い逃れるのは簡単だろう。へたにつついて絵をよけいにしまい込まれてしまっては元も子もない。かといって、せっかく見つけたものを知らんぷりしてしまっていいものだろうか。

とりあえず、健はコンコンと軽く二度咳をした。前もってヨーランと決めていた合図だ。

「うむうむ、非常に私の好みではあるな。これはどうやったら手に入るのかね」

その時。

ノブの音がして、隣室の貴重品管理室から一人の男が出てきた。

「こういう時、普通はまず価格を訊きませんか。入手方法を知りたいというのは、いったいどういう意図での質問なのでしょうね。盗難絵画を取り引きする場合、まず半金をいただき、もう半金と実物を引き換え、というのがオーソドックスですが」

健は小さく身体が跳ね上がってしまうのを止められなかった。

――そうです。木下五郎です。

〈ダイク〉も緊張した声で言う。

隣室で周囲をモニターしていたのは彼だったのか。確かに木下ならVWAの警官たちの顔も判るし、注意力も確かだ。

木下はゆっくりとした足取りで進み、バルドの横に立った。

「久しぶりだね、VWAの兵藤健。君は囮捜査を行うにはまだ経験が足りないな。森の小川と言ったときに、〈ランパラ〉のパンチョが起こしてしまった騒ぎに気が付いている人物だと確信できたよ。君はさっきからずいぶん挙動不審に見えていたしね。トムと背格好が似ているしルーキーだから顔が割れている可能性も低いという判断は、安易だったね。トムのライフスタイルを利用して薄化粧をしているようだが、その程度じゃ駄目だ。整形して臨むぐらいの周到さがほしかった」

ヨーランが初めて動揺した。厳しい表情を健のほうへ向ける。

健は応えられず、ただ唇を噛みしめた。

スリーピースを着込んだ木下は、初老にしては黒い髪を手でさらりと流して、自分の目を指さした。

「できれば虹彩も変えたほうがよかっ……ああそうか。君は直接接続者だったか。コンタクトレンズがモニターにもなるから、簡単には取り替えられない。ご愁傷様」

くっくっくっと喉の奥で笑う。

木下五郎。以前確かめた国際警察機構美術班のＩＤは本物だった。〈ガーディアン・ゴッド〉に照会すると、籍だけはあるが身辺調査中とのことで詳細は明らかにしてもらえなかった。「片切彫松竹梅」の真贋と、データベースコンピュータたちの正誤と、自分自身の善悪をすべて混乱させて、鮮やかに消え失せた男。

「木下さん。やっぱりあなたはアート・スタイラー側の人間だったんですね」

バルドと笑み交わしながら、木下は余裕を見せる。

「七年ほど前から世話になっているよ」

バルドも自慢たらしく言った。

「ゴローはやり手でね。前回の壺の一件でも、君たちの〈協力〉を取り付けてずいぶん利益を上げてくれた。たいしたもんだよ。まあ、やり手でなければ七年も雇っていないんだが」

「いったいどうやって〈ガーディアン・ゴッド〉を騙したんですか」

健が訊くと、それにもバルドが満足そうな声で答えた。

「うちにはとても優秀なコンピュータエンジニアもいるんだ。だから君たちの仲間はここには来ない。君に気付いたゴローが〈ガーディアン・ゴッド〉からの偽の指令を流した。待機していることを知られる可能性が高くなっているので、三ブロックほど離れたほうがいい、とね」

健はぐっと顎を引き、二人を睨みつけた。

「残念です。一時は尊敬した人が、国際警察機構の情報をこいつらに流すスパイだったとは」

木下は、片頬を上げた。

「重ねてご愁傷様と言っておくよ。もうひとつ可哀想なことがある。直接接続者なんだからここの会話は君のオブザーバーたちに筒抜けだろうが、私たちは、君たち二人を盾にして、偽データを駆使すれば、どうにでも逃亡できる。悪いけど一緒に来てもらうことになるね」

――〈ダイク〉。タラブジャビーンたちには。

――すでに連絡を取っています。が、あなたたちがいる以上、簡単には行動できないというのが、スコット・エングエモ署長の判断です。

いきなり、首元を摑まれた。

摑んできたのは、なんとヨーラン・アベニウスだった。

「どうしてくれる。バレてしまったじゃないか。お前のせいだ、お前の！」

予期せぬ事態に一瞬頭が真っ白になり、すぐに重い灰色をした悲しみが滲んできた。

俺の、せい。

確かに自分の経験不足が招いた。けれども、民間人の本物のトムより、新人でも直接接続の警官のほうがいいと決まった時には、ヨーランも賛成していたのに。

――大丈夫です、健。私がいます。たとえ人質扱いされても、私が作動している限り、絶対に活路を見つけます。

〈ダイク〉が慰めてくれるが、健はヨーランの豹変に衝撃を受けすぎていた。

そのせいで、〈ダイク〉は人の心を獲得してきたがために、健を励まそうとその場しのぎの言葉を紡いでくれただけなんじゃないか、とすら思えた。

三人の手下が、薄ら笑いを浮かべて近付いてきた。

――〈ダイク〉。撤退経路の確保を。どうやったら会長を連れて逃げられる?

自分一人ならば、手下どもを振り切って背後の扉から駆け出すのはなんとかできそうだった。しかし年配のヨーランはそうもいかない。タラブジャビーンたちがせめてドアのすぐ前まで迎えに来てくれなければ。

――これ以降、この案件は人質立てこもり事件解決のフォーマットに則って対処されます。突入準備を整えて彼らが現場到着するのは、約五分後の予定です。

五分。五分で何ができるだろう。何を変えられるだろう。

ケネト・ルンドクヴィストの心を解きほぐすことさえ、芸術とヨーランの力を借りても六時間かかったのに。ここには新人の描いた稚拙な絵しかなく、しかもタッグを組んでくれるはずだったヨーランを怒らせてしまっている。

焦りで煮えくりかえる頭の中で、健はちらりと、ここで窮地に立っているのが尚美ではなく自分だということが、まだしも救われることだよな、と思った。

シンタグマ公園で水をぶちまけていたオベイは、とても気の弱い人物で、尚美が注意すると可哀想なぐらいにぺこぺこ謝った。水を入れる膜の不具合だったそうだ。

あっけなく処理できた反動で、夜風は冷たいというのに無性に喉の渇きを覚えた。公園の一角に店開きしている屋台で冷たいレモネードを買い、ベンチに座ろうとすると、

「尚美ちゃん？」

と、声を掛けられた。

夜空をバックにオベイの描き出す文字が躍る下を、見慣れたボブカットの女性が歩いてくる。田代孝弘の妻で、ＡＡ（ダブルエー）権限を持ち、汎地球感情データベース〈ガイア〉を育てているスーパー学芸員、美和子だった。

可愛らしく手を振って近付く彼女の横に、見慣れないロボットの姿があった。子供の体型をしていて、プロトタイプとでも呼ぶのか、髪も服もない素体だ。歩き方は不器用で、今にも転んでしまいそうだった。

「美和子さん、それは」

「Ｃ２よ」

「えっ」

生き物たちの触れ合いに憧れる、孤独なＡＩ。

「そのボディに入れたんですか」

「そう。今はこんな格好だけど、もっと現実での接触を経験して、ちゃんとした身体が持てるようになったら、セシルと呼んであげてね。ご挨拶して、C2」

「こんにちは」

C2はラバー製の顔を頬笑みの形にして、軽く会釈した。幼い少女の声。

「周りをよく見てね、C2。もう夜でしょ。だったら？」

「ごめんなさい。こんばんは、でした」

「はい、その通り」

美和子は愛おしそうにロボットの頭部を撫でる。

「時間経過を感じるとか、身体のコントロールとか、まだうまくないの。でもじきに慣れると思う。孝弘さんから何か聞いてる？」

レモネードを飲むのも忘れて呆然としていた尚美は、問われて気を取り直した。

「いいえ、何も」

「あの人、C2をキプロスの管理人にするつもりなのよ。あそこには危険な生き物もたくさんいるから、機械の身体だと安心でしょ。アベニウス製薬のお蔭で観光整備もできたし、動植物の世話をしながら少しずつお客さんとやりとりができるようになればいいなあって」

尚美は少し迷ってから口を開いた。

「動植物の管理より、C2自身の管理に注意を向けたほうがよくありませんか。放っておくと、また悩みすぎたり、ネットワークに悪さをしたりする可能性が」

美和子は、大丈夫よ、と小首を傾げて笑った。

「〈ガイア〉と私がちゃんと面倒を見るから。汎地球規模の〈ガイア〉にはそうそう肉体なんて与えてあげられないし、C2と周囲の関係性は〈ガイア〉の経験データとして役立つ。〈ガイア〉の初めてのお友達ってわけ」

尚美は勢いよくレモネードを飲んだ。冷たい液体と酸味でなんとか頭をしゃっきりさせようとする。美和子の考えはときおり自分たちの先を行きすぎ、ついていけない。

「ねえ、尚美ちゃん。この子がキプロスにいると知れたら、いつかは作者も会いに来てくれると思わない？」

「作者って、オルランド・ゾルズィとかいう……。まだ居場所は判ってないんですよ。それに、C2を世に放った罪を問われることになるし」

大丈夫、と美和子はまた頰笑む。

「機械のいいところは歳を取らないこと。C2はきっと気長に待ってるわ。その時までには、白いドレスが着られているといいわね。ハグの力加減も覚えておかなきゃ」

もう一杯レモネードを買うべきだろうか、と尚美は考えた。さんざん走り回って数多いごたごたをやっつけてきた直後に、こんなふかふかの夢語りを聞かされては、身体も頭もぐちゃぐちゃになってしまいそうだった。

ふと、美和子が少し屈んで尚美の顔を覗き込んでいるのに気が付いた。

「尚美ちゃんにもハグが必要かしら。そんな顔してる」

慌てて自分の顔を触ってみた。

「そうですね、ちょっと疲れてるかもです」

実際に口にすると、どっと疲労が押し寄せてきた。

「忙しかったのね。休憩しようか。そこ、座ろ」

美和子は、すとんとベンチに腰掛けた。命令もしないのに、C2は足元の芝生に横座りする。

尚美がおずおずとベンチに腰を下ろすと、美和子は「ヒール、脱いで。スーツの上着、ボタンはずして」と、笑顔のままで命令口調を使った。

言われるとおりにすると、自然に吐息が漏れ、それまでの窮屈さがようやく自覚できた。

「尚美ちゃん、自分の担当企画は？　用意できた？」

「はい。そちらはつつがなく」

「じゃあ、ずっとヘルプ仕事で忙しかったんだ。偉いね」

褒められてもあまり嬉しくなかった。つまらないいざこざばっかりだったと思う。尚美は唇を尖らせて下を向いた。

「……ティティは自信と期待いっぱいで駐機場へ行きました。同期のボンクラVWAは、まさにこの瞬間に、大物を仕留めようとしています。なのに私には誰にでもできるような仕事ばっかり舞い込んで。フェスティバルのために一生懸命やってるんですけど、なんか調子が出なくって」

美和子はくすっと笑い、前方に顔を向けた。空間に、水で描かれた「HAPPY」という単語が透明感のある桃色に染まって浮かんでいる。

「それは真面目さんが罹る〈忙殺〉っていう病気じゃないかしら。孝弘さんも新人の頃は、仕事はちゃんとこなしてるのに文句ばっかり言ってたわよ。〈ムネーモシュネー〉に記録させた日記は愚痴で埋まってるって」

尚美は目を瞠った。沈思黙考のロマンチストとしか見えない憧れの先輩に、そんな時代があっただなんて。

じゃあどうやって孝弘は今の穏やかさを獲得したのか。

そう口を開こうとした瞬間、水の文字がくねりと動き、スマイルマークに変化した。

「すごーい」

美和子が手を叩いて喜ぶ。

「あっ、色も。レモン水みたいな黄色。ありがとう、尚美ちゃん。あなたが調整してくれたお蔭で素敵なものが見られた」

「私はただ水の使用量を」

美和子は前を向いたまま、聞いていないふうだった。

「お客さんたちもあんなに喜んで。綺麗だわ。私ね、〈アフロディーテ〉にやって来た人たちが芸術を前にして心震わせてるこの光景全体が、とっても綺麗だと感じる」

光景全体が。

尚美の心の中で、ちかっと何かが光った。

健はいつも言っている。人と芸術が肌を擦り合わせるこの地をずっと安らかな場所にしておくのが、〈アフロディーテ〉のおまわりさんの仕事だと。彼は単に怪しい美術商のグループを捕らえようとしているのではない。そのことで〈アフロディーテ〉がよりいっそう芸術と人々の楽園に近付くように……。

では、新人学芸員が本当にするべきこととはなんだろう。五十周年記念フェスティバルを成功させること？　いいえ、違う。そんな目先の目標じゃなかった。みんなが喜ぶ展覧会を苦労して準備するのも、フェスティバルのために苦情処理係をこなすのも、すべて〈アフロディーテ〉を幸せな美の殿堂にするため。芸術作品だけではなく光景全部、その瞬間に居合わせる自分の運命ごと、美しいと思えるようにするため。

その気概でないと、キプロス島の異形たちの命まで輝かすのが〈アフロディーテ〉だ、などと主張できる学芸員にはなれない。

「自分勝手にテンパってるシャカリキアンポンタンは、綺麗な光景に似合わないですよね」

細かい仕事は雲霞のように湧いてきて目の前をふさぐ。健とティティが頑張っているので、自分もそれを払いのけてフェスティバルを成功させるのが務めだと焦っていた。本当の目標は、成功したフェスティバルでみんなが楽しむことだったのに。イベントの開催を通して、この地がまるまる芸術に包まれる、お客も自分も満足する、〈美の殿堂〉の存在自体が輝き増す、それが美の女神の真の願いだったのに。

光景全部が綺麗。美和子のその巨視的な見方を尚美はすごいと思った。

苦笑いしながら、尚美はすっぱりと立ち上がった。

「私、もう行きます。まだまだ現場が待ってるから」

そして、一度振り返り、

「〈ガイア〉、C2。今の美和子さんの気持ち、ちゃんと学習するのよ」

と、晴れやかな笑顔を見せた。


手下たちは、健とヨーランを取り押さえこそしなかったが、隙なく周囲を取り巻いている。


「正体がばれるのは薄々判っていたよ」

ヨーランは顔をしかめて健に唾棄(だき)する勢いだった。

「このVWAは好きにするといい。だが、私まで人質にするのは商売人として賢くないと思うがな」

バルドは机の上で手を組み替える。

「と、おっしゃいますと?」

ヨーランは、ふっ、と息を吐いた。

「私は、君たちとお近づきになるために〈アフロディーテ〉やVWAを利用したのだ――と言ったら、信じるかね」

健は心の中で力一杯、嘘だ、と叫んだ。ヨーランが〈アート・スタイラー〉に接触したいだなんて、ワケが判らない。

ヨーランは澄まして続ける。

「君たちがＶＷＡの介入を好まないようならば、要するに警察が入ると困る商売をしている証だ。そういうところには、滅多に拝めないお宝がある。私が本当にほしいのは、そういう種類の美術品なのだ」

机のそばに立ったままの木下が、ほほう、という顔をした。

──〈ダイク〉、〈ダイク〉！

──ヨーラン・アベニウスの微表情が読み切れません。発汗や音声から緊張は感じ取れますが、言葉の真偽は不確実です。

──田代さん！

返答はなかった。孝弘とネネは慌てて話し合っているのだろう。

健は独りぼっちで夜の荒野へ置き去りにされた気持ちがした。

バルドはもう一度手を組み替えた。

「聞くだけ聞きましょうか、アベニウスさん」

「実は、名作が欲しい。キプロス島進出の記念に、本社の会長室に掛けたいのでね。市場に出回っているようなものは好まん。こんなものがこんなところに、という自己満足を得たいのだ。人に見せる物ではないから、来歴は問わないよ。金ならある」

「そのようなお申し出は、この警官を通して〈アフロディーテ〉に聞かれるとマズいのでは?」

　ヨーランは、一笑に付した。

「〈アフロディーテ〉にしても悪くない話だと思うがな。先ほど、盗難絵画にはまず半金と言っていたな。それが取り引きの常套手段であるのは知っている。なぜならば、過去の例からすると絵を取り返したい美術館は往々にして犯人側から買い戻そうとしてきたからだ。今回は私が〈アフロディーテ〉の代わりに金を払うというだけだよ。傑作が二度と再び陽の目を見なかったり、どこの馬の骨かも判らない人物の手に渡ってうっかり傷付けられるよりは、所在が判ってたほうが安心というものだ。君たちが逃げおおせられるかどうかは運だろうが、凄腕のコンピュータエンジニアがいるんだろう? そこにはスパイまで立ってるじゃないか。だったら、誰も損はしない」

「なるほど」

　健はもはや顔面蒼白だった。混乱しすぎて自分では何も考えられない。

　——田代さん!

　——すまない。こちらの協議がまとまらない。タラブジャビーンたちが到着するまで、とにかく様子を見てくれ。

　——そんな。

「金ならある」

　ヨーランは傲然ともう一度言い放った。

「エンジニア君に調べさせるといい。私が個人で持っている秘密の虎の子、足がつかない量子通貨（クオンタム・カレンシー）だ」

　ヨーランが淀みなく一連の番号を口にすると、バルドは端末を操作して無言のまま誰かとやりとりを始めた。一分もたたないうちに、彼の瞳がぎらりとした金欲の光を放った。

「なかなかの金額をお持ちで。しかし、マスターピースの類（たぐ）いはうちのボスが直接管理しておりまして。あの方の身の安全のために極力連絡を取らないようにしてますので、私の一存では画像すらすぐにはご用意できない状態です」

　ヨーランは、ふんぞり返って腕組みをした。だからどうした、と言いたげだ。

　彼の態度に気圧（けお）されたのか、木下がバルドに耳打ちをする。バルドは眉間に皺を寄せて聞いていたが、やがてゆっくりとスーツの内ポケットに手を入れ、個人ユースのカード型端末を取り出した。

「確かに、ボスはチャンスを逃すのがお嫌いだ。勝手に断ってボスに叱られるのも損だな。

逃走も組織に助けてもらわねばならないし、今の段階で一応耳に入れておくというのも一理ある。警察のほうは」

木下の唇の端が吊り上がった。

「回線追跡できないように〈ガーディアン・ゴッド〉を押さえ込んであります」

健の瞳に活力が戻った。

——敵は〈ガーディアン・ゴッド〉にのみ気を取られている。〈ダイク〉、お前は大丈夫だよな？　相手の居場所を特定できるか？

——すでに始めています。地球上と違い、ここからの宇宙間通信は手段に制限がありますから、変動周波数回線のコントロール元を突き止められる可能性があります。しかし……。

——しかし？　〈ダイク〉。おい、〈ダイク〉！

突然、頭の中から〈ダイク〉の気配が消えた。足元が崩れ落ちたかのような感覚。ヨーランに続いてお前まで俺から離れるのか、と健は呆然と思った。

バルドはヨーランの顔と手元の端末へ向けて交互に視線を走らせながら、繋がった回線の向こう側にいる黒幕と小声で話を始める。

「大丈夫です。ゴローがオーリーに手配しましたから。はい、量子通貨の控えを送信しました。ええ、ええ」

オーリーというのがコンピュータエンジニアなのか、と〈ダイク〉に確認を取らせたかったが、相棒は依然として沈黙している。〈ガーディアン・ゴッド〉との回線を切れと命じればよかった。また巻き込まれたのではないだろうか。

けれども〈ダイク〉は傍にいた。

突然、天井スピーカーが言葉を発したのだった。

「アート・スタイラー、及びヨーラン・アベニウス。私は〈ガーディアン・ゴッド〉配下、〈アフロディーテ〉ＶＷＡの情動学習型直接接続データベースコンピュータ〈ディケ〉。通称〈ダイク〉です。あなたがたが〈正義の女神〉の指の間をすり抜けてしまう前に、言っておきたいことがあります」

敗北宣言にも聞こえる切り出し方だった。〈ダイク〉は彼らを捕まえられない、という。

バルドは耳から携帯端末を離し、眉をきゅっと上げた。

ヨーランや手下たちは声が降ってくる天井を見回している。

木下は、面白がるような顔をしていた。

「〈ダイク〉。いったい何を」

健の呟きを〈ダイク〉は無視し、低く深い声を流した。

「私は人情味のあるよい刑事になるよう、さまざまな感情パターンを学習してきました。人を捕らえるにあたっても、それぞれの背景を調査分析し、情状酌量の余地があるのであれば、裁きを行う司法当局にその旨を伝達します。しかし私は、あなたたちの事情を慮（おもんぱか）ることはしません。たとえ司法が裁けなくても、私はあなたたちを許しません。あなたたちは、美術品を貨幣にしようとしている。それはあらゆるものの創造主たる人類全体に対する冒瀆です」

　端末を片手にしたままのバルドの顔に、歪んだ笑みがゆっくりと浮かんできた。

「機械のくせに、いや、機械だからこそか。純情だが詮無い説教だな。馬鹿馬鹿しい」

〈ダイク〉の声音は、当たり前のことだが揺るぎなかった。

「人の心はお金で動くものでしょうか。ノーと答えきれないということは、おびただしい犯罪記録が教えてくれます。では、人の心を動かす一番大切な手段は何なのでしょう。悲しみを喜びに、苦節を愉悦に、悪人を善人に変えるのは何なのでしょう」

　木下が意地悪に茶々を入れる。

「美術の力とでも説きたいのかな？」

「いいえ」

〈ダイク〉はきっぱりと否定する。

「人の心を変えるのは、人の心である。これが現時点における私の仮説です」

たまらずに手下の一人が噴き出した。年寄りのアドバイス、宗教における説教、道徳の教科書などを連想したのかもしれない。


「けれども、生物たる人間は時代を越えることができません。ですから心を動かすもっとも有効な装置として、芸術が自然発生したと考えます。私は、一節のメロディが盲人を楽しいステップへ誘うという出来事を経験しました。五十年前の絵が老人の魂を解き放つのを目の当たりにしました。ひとかけらのオパールが真実の愛情を見抜くところにも居合わせました。本当の気持ちを表現しきれない不器用な父親が、美術の力で娘に語りかけるのも見ました。つい最近は、たった六時間で、頑迷な若者の心が絵画によってほぐされたこともありました。製作者の魂が静かに香り続け、鑑賞者の魂がひそかに谺する、そうして人々の心をさまざまに揺り動かす。それが芸術です。芸術は人間の魂の代弁者です。貨幣にこんなことはできない」


ヨーランの頬が、ぴくりと痙攣したのを、健は確かに見た。

しかし、手下どもは笑いを嚙み殺しているし、バルドはそろそろ退屈そうだ。

健はぐっと唇を結んだ。

〈ダイク〉。よくできた。立派だ。お前は正しい。とても深く考えられるようになった。

けど、駄目なんだ、〈ダイク〉。悪人には正論が通じないんだ。お前が一生懸命に学んできたことも、こいつらを動かすことはできないんだ。

ああ、俺はお前に何を教えてきたんだろうな。人情味や顔色の察しかただけじゃなくって、騙し騙されの、裏切り裏切られの現実を、ちゃんと見せてやれてたかな。

いや、駄目だったんだろうな。なにせ、俺は丈次(じょうじ)叔父さんの善悪ですら見抜けない、昔っからのアンポンタンだからな。

……〈ダイク〉。どうして答えてくれないんだ。お前の考えが少しも伝わってこない。

ヨーランに倣って甘ちゃんの俺を見捨てるなら、それも仕方ないか……。

けど、〈ダイク〉。もう演説はやめてくれ。

田代さんたちからも応答がなく、仲間もまだ来ず、ヨーランにも利用されたと判ったこの状況で、腑抜けた新人VWAに教わったとおりの正義を、お前が独りで頑張って説こうとするのは、とてもつらいんだ。

〈ダイク〉の言い分は綺麗事すぎた。

「私はあらん限りの能力で人の心を判ろうとしてきましたが、あなたたちのように美をぞんざいに扱う人の心根は、解釈できても納得しようとは思わない。美学の価値を、魂の価値を解さないとは、まったく、愚鈍で浅慮でスカタンでトンチキです」

手下が一斉に大声で笑った。

健は自分が嘲笑されているかのように感じた。

バルドも軽く笑い声をたて、端末を振った。

「よかったな。ボスも面白がっておられる。しかし、これ以上お聞かせするとボスの耳が腐るから、このへんで」

彼は端末に向かい、「失礼します」と一言告げて回線を切った。

「さて、電脳スタンドアップコメディも堪能させてもらったことだし、そろそろマスターピースの商談を再開しようか。ボスによると――」

短い着信音がバルドのセリフを遮（さえぎ）った。

自分の端末を取り出したのは、木下だった。表示に目を落とし、にやりと笑う。

木下はゆっくりと顔を上げて、口を開いた。

「ボスによると、自分の名前はファム・タット・タン。所在はラスベガスのホテル〈ヴァンラング・キャッスル〉。ペントハウスにいるそうだ」

「なっ！」

勢いよくバルドが立ち上がった。その鬼のような表情から、木下は核心を突いたのだと判った。手下たちは何が起こったのか理解できず、ただきょとんとしている。健も同様だった。

「ゴロー。裏切るのか。七年も世話になっておいて？」

バルドはようやく声を絞り出す。木下はにこやかに肩をすくめてみせた。

「こちらでは七年だが、悪党の振りをするようになってからは、もう半世紀にもなるよ。何度も整形手術をして若作りを心がけてきたが、そろそろ引退してもいい頃だね。君たちが最後の大物」

「年季の入った二重スパイ人生というわけか」

バルドは音高く机の引き出しを開け、取り出した銃を構えた。銃口が抜け目なく周囲を舐める。

「実弾銃。どうやって持ち込んだ」

健が訊くと、

「エンジニアが優秀だと言っただろう」

木下は武器を気にすることもなく端末に目を落としていた。

「うん、オーリーはとても優秀だ。今、アート・スタイラーの全データが〈ガーディアン・ゴッド〉へ転送されたよ」

バルドが、軽くよろめく。

「なんだと。オーリーまで」

「実はそうなんだ。ボスももう逃げられないし、美術品の隠し場所もじきに解析できるだろう。健、外の連中に、もう突入しても構わないと伝えなさい」

天井から「了解しました」と返事が来たのと、スイートの分厚い扉が大きく開くのとが同時だった。

「VWA！」

名乗りを上げた十名ほどの警官が、暴漢制圧用の盾（ライオットシールド）を持ってなだれ込んでくる。

バルドが銃を木下に向け、引き金を引いた。

しかし、なんの音もしなかった。

木下がまた肩をすくめる。

「違法な銃の都合を付けたのは、国際警察機構に放っていた仲間ではなかったかい」

健のすぐ隣の手下が、ヨーランに腕を伸ばした。年寄りを手中にして状況を好転させようとしたに違いない。

残りの二人が殴りかかってくるのをなんとか躱し、健はヨーランを勢いよくバルコニーのほうへ突き飛ばす。

転びそうになりながらガラス扉へ近付いたヨーランの後を追う。健の後頭部に鈍い一撃が走ったが、殴った男はすぐにたくさんの盾に圧し潰される。後の二人はもはや警官たちに抵抗することもなくあっさりと捕まっていた。

ヨーランを背後に庇(かば)い、振り向いた時。

「健!」

抗(あらが)えない響きの声がして、何かが高々と投げられた。

身体が反射的に動く。

ジャンプの頂上で摑むと、瞬時にそれの正体が判った。自分のと同じ官給品の麻痺銃(パラライザー)だ。

着地するやいなや両袖机の方向へ銃口を向ける。

が、バルドはすでに警官仲間の手によって机に押さえ込まれていた。

「二十一時十四分、全員確保」

横では鼻血を流した木下が弱々しく頬笑んでいる。

健は周囲を見回した。

手下たち、捕まってる。バルド、押さえつけられて唸っている。ヨーラン、座り込んでいるが無事だ。

——ケン、大丈夫なの? 終わったの?

ネネが勢い込んで質問するが、まだ返答できる精神状態ではなかった。

いつの間にか舞い戻っていた〈ダイク〉が、大丈夫です、と代わりに返事をしている。

相棒は、今度は音声で警官たちに忠告を出した。

「バルコニーへのガラス扉付近、ヨーラン・アベニウスの周りには不可視（インビジブル）ベールが巡らされています。ベールに可視信号を出しました。保護する前にベールを除去してください」

健がスイートに入ってから一番最初にしたことがそれだった。バルコニーの外を窺う振りをして、不可視ベールを張っておくこと。乱闘になった場合にヨーランを守るためだ。

「前言を撤回しよう。役に立たないかもしれないものを次善の策として仕込んでおくのは、命を守る仕事をする人間としていい判断だ。君はなかなか用意周到なんだね。新物質主義（ネオ・マテリアリズム）万歳、だ」

健は改めて声の方を凝視する。木下はハンカチで鼻を押さえ、やれやれといった風情で肩の力を抜いていた。

「いったいどういうことだ」

銃を下げないまま、詰問すると、

「面目ない。銃尻でやられてね。それを奪われそうになったので、君に投げた」

「そうじゃなくて、根本的に」

「落ち着いて考えれば、すでにすべて明らかだと判るよ。もう君たちへの隠し事は、残りひとつしかない」

「残りひとつ？」

銃口を軽く振る。教えろ、というジェスチャー。

木下の瞳が、笑いとも悲しみともつかない形に細められた。

「まだ判らないのか、健。素直に銃を摑んだのは、この声を思い出してくれたからだと思ったんだが。それとも、土産のアス銅貨を寄越せとでも？」

麻痺銃がのろのろと下がった。細かく震えながら。

震えは全身に及び、健は立っているのが精一杯だった。

警官のひとりが慌てて腕を支えてくれるが、健はそれがタラブジャビーンであることすら気が付かなかった。

「叔父さん……」

ハンカチを顔に当てた兵藤丈次は、目元だけで笑った。

「後ろアタマを殴られたですって？　ドジ、バカ、アホ、間抜け！」

直接接続の通信ではなく、わざわざＦモニター（フィルム）の画像通信にしたのは、きっと面罵（めんば）したかったからに違いない。

後頭部に冷却剤を当てた健は、たくさんの明かりが煌めく繁華街をバックにしてとめどなく罵倒語をがなりたてる尚美へ向け、しかめ面をした。

「声、響いて痛いんだけど」

尚美は、くわっと目を剥いた。

「これくらい叫ばないと聞こえないでしょ、このスカタン。周りがうるさいの。あと小一時間で零時なのよ。みんな大騒ぎ」

確かに背景音には酔いどれたちの歓声や、若い女性たちの大笑いが混じっている。

「君、まだ仕事なの？　昼のシフトだろ。明日は忙しいよ」

「判ってる。やっと一段落ついたとこ。フェスティバルのオープニングイベントを見届けたら帰るわ。あなたはおとなしく休んでなさいよ」

「いや、その人出だとパトロールに出たほうがよさそうだ。シャワー浴びたらそっちへ行くよ」

「なに言ってるの。その程度の怪我ですんだことをもっと感謝しなさい。これ以上、危ないところに首を突っこまないで」

「危なくないようにするのがおまわりさんの役目だろ。それに、ほんと言うとオープニングを見物したい。制服着るのは、ついでだよ」

そこで健は、ひそかに深呼吸をした。

「……ええっと。ついでのついでに、一緒に見ないか、オープニング」

「どうしても来るって言うのなら、怪我人を放っておくわけにいかないわよね」

もうひとつ、深呼吸。

「で、二人で夜食でも……」

「お夜食、ご馳走するわ。たんこぶの来歴を詳しく説明してよね。じゃ、後で」

ぷつん、とFモニターが黒くなった。

「いや、だから。俺は君と一緒に祝杯を、だな……」

言葉の途中で、健はガックリとうなだれて、首を横に振った。

事件解決直後、健はテッサリア・ホテルの医務室へ連れて行かれるまでの数分で、木下が言ったとおり、事情のほとんどが現場で明らかになっていたことにようやく気が付いた。

「お前に説明するつもりで喋っていたからな」

木下と名乗っていた男は、そう言って優しい目をした。

なお残る疑問には、孝弘とネネ、ヨーランから聞き取りを始めているタラブジャビーン、そして〈ダイク〉が代わる代わる答えてくれた。

まず、ヨーランがマスターピースを欲しがったのは、本心ではなかった。もちろん健をなじったのも。海千山千の大会社会長は、新米警官を人身御供にすることによってアート・スタイラーの信用を勝ち取ろうとした。敵の敵は味方という策だ。

その上で、金をちらつかせて犯罪性の高い絵画を持ち出させ、悪行の確かな証拠を押さえるつもりだったという。

ホテルの別室で会長の聞き取りをしていたタラブジャビーンは、面白がる口調でヨーランの伝言を伝えてきた。

「会長は相談もなく計画して悪かったと謝ってるよ。お前さんは背後から切りつけられたようで肝が冷えただろうが、まあ仕方がない。事前に知らせると、お前さん、必ず顔に出るからな」

結果的にヨーランの芝居はとても有益だった、と、木下だった男は満足げだ。

彼は、バルドらが〈アフロディーテ〉に行くのを、またとない好機と見た。七年かけてアート・スタイラーの信用を得た自分の最新の仕事は、〈アフロディーテ〉がらみの贋作。その功労をひけらかして、商談に同行できる。現地にいさえすれば、地球外からボスに通信をさせるよう仕向けるチャンスもあるだろう。ボスの居場所が特定されたなら、組織を壊滅に追い込める。

「我々にも、木下五郎の思惑は知らされていなかったんだ」

と、Fモニター越しの孝弘はすまなそうに言った。

ヨーランが裏切りの真似をし、いざバルドがボスへ連絡をしようとした段になって初めて、VWAのスコット・エングエモ署長を通じて国際警察機構から木下五郎の計画を知らされたのだった。

ネネも、しなやかな身体をよじって、申し訳なさそうにしている。

「協議がまとまらないって答えたでしょ。あれはゴローにその場を任せろっていう指令だったの。教えられなくてごめんなさいね。でも、あなた、顔に出るから」

あのタイミングで〈ダイク〉が突然の大演説を始めたのは、〈ダイク〉には〈ガーディアン・ゴッド〉が着々と通信追跡をしているのが判ったからだった。アート・スタイラーのコンピュータエンジニアが解析を阻害しているはずなのに。

「なぜ追跡動作を続けられているのかが不審でした。その時ちょうど、〈ガーディアン・ゴッド〉から真実を告げられたのです。周波数をめまぐるしく変える通信を追いかけ、ファム・タット・タンという名を突き止め、居場所を誤差なく特定できるまで、なんとか時間を稼ごうと考えました。申し訳ありません、健に事情を説明する暇はなく――」

「取り繕わなくていいよ、〈ダイク〉。俺は顔に出るから知らせなかったんだろう」

やけ気味に言うと、〈ダイク〉は素直に「はい」と答えた。

「エンジニア。確か、オーリーとかなんとか」

健が呟くと、孝弘が教えてくれた。

「オルランドの愛称がオーリーだ。オルランド・ゾルズィ。聞き覚えがあるだろう」

丸椅子に座らされて治療中だった健は、あっと叫んで立ち上がってしまい、首筋まで痛みが走った。

「C2の作者か！」

それならば確かに優秀には違いない。感情の獲得を目指すAIを若くして世に放ち、心を得た時のためにセシルという名を与えた人物。

罅の入った鼻骨を固定された男は、痛い素振りも見せずオルランドの印象を語る。

「アート・スタイラーはオーリーにさまざまなクラッキングを命じたが、私は、彼が心底悪い人間であるようには見えなかった。警官の勘、というやつさ。どうにかして組織を抜けさせたいと、時間をかけて話をしていた。そこへもってきて、〈アフロディーテ〉が野良AIたちを捕らえたというニュースだ。中にC2がいたと知って、オーリーはひどく動揺していた」

C2が幾星霜も隠れながら自分の命令を遂行していたと知り、彼は涙を流したという。

そして、ある約束をしてくれたら警察に力を貸すと言った。

Ｃ２の希望をすべて叶えてやってほしい。自分は捕まってもいいから。

それがオルランド・ゾルズィの出した条件だった。

孝弘が柔らかい声で褒めてくれる。

「健と〈ダイク〉のお手柄だね。君たちの努力の成果が、ひとりの写真家だけでなく美術界全体にまで恩恵を与えたんだよ」

とはいえ、瓢簞から駒のようなもので、健は戸惑うばかりだ。よほどどぎまぎした顔をしていたのだろう。孝弘はにっこりと笑みかけてくれた。

「彼と約束するまでもなく、Ｃ２は〈アフロディーテ〉で面倒を見る手筈を整えていたんだ。彼女はとてもいい発達の仕方をしているから、穏やかな女神の膝元でならもっとすこやかに育つと思って」

ここは楽園。学芸員や警察官の新人も、人の心の新人も、柔らかくあたたかく導いてくれる場所。

木下だった男は、画面に向けて頭を下げた。

「オーリーの代わりに感謝します、田代さん」

静かなその動作を眺めながら、健は、この男はやはり叔父の丈次なのだ、と、ようやく納得した。

叔父は、悪人ではなかったのだ。悪人の振りをする警察の間諜（かんちょう）だったのだ。けして父親が嘆いていたような人物ではなく、白いスーツで甥に土産物を持ってきてくれる姿こそが真実の彼だったのだ。

その事実は健の心身に染み渡り、幼い頃からの長い時間が心地よく溶けていくような気持ちがした。

「父はこのことを知ってたんでしょうか」

ＶＷＡ本部へ向かう車の中、運転を自動に切り替えながら、健は叔父に一番の質問を投げ掛けた。

警察官だった父親は、ぐれた弟を厄介者扱いしていた。時には怒りを孕（はら）み、時には悲しげに語る父の姿を思い出す。

二人きりの車内で、丈次はやけに遠い目をした。

「知っていたさ。私が盗み返してくる美術品の返還手続きを、隠密にしてくれていたからな」

「あのお土産が」

「そうだよ」

「父はそんなこと、ちっとも」

「警官と悪党のどちらが聞き付けても大問題になるからね。お前はまだ幼かった。表向きの設定を丸呑みしておいてくれるほうが安心だったんだ。ただでさえ、お前は昔も今も」

「顔に出るから。悪かったですね、未熟で。それで父は仲が悪い振りをしていたんですね」

健が小さく呟くと、丈次の顔がくしゃっと歪んだ。

「兄貴は、間に立っていろいろとつらいこともあっただろうな。私はいつもいつも、心苦しかった。いっそどちらかが警官になっていなければと、何度祈ったかしれない」

それでも、と言いつつ、叔父は健の顔を正面からひたりと見つめた。

「それでも、健、私たちはなんとか役目を続けられた。お前が美しい土産物を手にしたときに見せてくれる無邪気な笑顔は、私たち兄弟が使命をまっとうするよすがだったんだよ。さあ、これが最後のお土産だ」

健は一枚のアス銅貨を手渡された。

「引退のはなむけに、お前が返還手続きをしてくれ」

銅貨から目を上げないまま、健は訊く。

「引退して、どうするの」

「女房役を何度か引き受けてくれた女性が特別保護区にいるから、そちらへ行く。ワケアリの人間を守る場所さ。もう整形する気もないし、のんびりと余生を過ごすよ」

「俺には連絡をくれる？」

「しばらくはできない」

そうなんだ、と答えた健は、自分が駄々を必死にこらえる子供になった気持ちがした。

「だが、ずっとじゃない。ほとぼりが冷めた頃、またここへ旅行に来るよ。その時は、爺さんらしくない白いスーツを着て、ボンクラのお前にもよく判るようにしておく」

銅貨の表面の摩耗したヤーヌス神が、視界の中でさらにぼけた。前後に二つの顔を持つアンビバレンツなこの神はローマ神話でのみ語られ、ギリシャ神話には相当するものがいない。ほとぼりとやらが冷めて叔父の顔がひとつになったら、オリュンポスの神々の集うこの場所を堂々と訪れてくれるだろう。

健は拳でぐいっと目を拭き、顔を上げて笑って見せた。

「待ってるよ。早く来ないと、エミリオ爺さんがおっ死(ち)んじゃうよ」

丈次は、刹那、ぽかんとした顔になった。

「エミリオ……。あの手回しオルガンのエミリオ・サバーニのことか。お前がなぜ知ってる」

「ちょっと世話をした」

そうか、と丈次はしみじみと吐息をつく。

「実は、もうこっそり様子を見てきた。私より年下なのに、車椅子のせいかすっかり老け込んで見えた。けど、チェックのキャスケットはあの時と同じで、皺だらけの顔は陽によく灼けて元気そうだったよ。弟子の横で、古い手回しオルガンと一緒に気持ちよさそうにまどろんでいた。私が悪党初心者だった頃なのでオルガンの出自はよくないが、少なくともエミリオは真っ当に陽の光を浴びる人生を送れたんだな。ほっとしたよ。ここはいいところだ、健。生き様まで美しくしてくれる」

ＶＷＡ本部で簡単な事務手続きをすると、丈次はそそくさと帰って行く。

「退職日までは仕事なのでね。じゃあな、健」

いつものように、すらりと立ち上がって背を向けようとする叔父に、健は思わず駆け寄った。

大きく腕を回して抱きつく。

言葉は出てこなかった。

綴れないものが、体温で伝わる。

健はこれを〈ダイク〉に教えたかった。C2が焦がれている触れ合いの力がどんなものかを、いずれ〈ダイク〉自身が経験してほしいとも願った。

驚いた様子だった丈次は、やがて、大きな掌で、子供にするようにぽんぽんと背中を叩いてくれた。

祭りの気配は人々をじわじわと温め、ボルテージが上がってきた。

古代ギリシャの衣服を着けた人たちが、宿泊所から次々と街へ繰り出す。亜麻の長衣（キトン）のドレープがたなびき、留めピンが煌めいた。夜更かしを許された少女のひとりは丈を短くたくしあげ、狩猟の女神（アルテミス）顔負けの活発さを発揮していた。酒神バッカスの扮装をした小太りの男は、もういい具合にできあがっていて、道の真ん中で、葡萄のレリーフを施した金の杯（はい）を何度も何度も空中に突き上げていた。

夜気はしだいに熱を帯びて、人々の頬を紅潮させる。繁華街に笑い含みのお喋りがさわさわと小川のように流れる。見物場所を確保した人々は、幕開けが近付くにつれ、鼓動が高まるのを感じている。携帯端末でフェスティバルのイベント予定を確認する人、黙りこくってじっと夜空を見上げる人、それぞれが胸一杯の期待をもってその時を待っていた。

人混みを避けてカフェの張り出しテントの下に陣取った健の横で、尚美は緊張の面持ちだった。

「二十分前。制服のパトロール色の発光、落とせる？　暗いほうがいいの。始まるわよ」

「えっ。もう？　零時からじゃないの？」

尚美は、しっ、と唇に人差し指を当て、次にその指を動かして夜空を示した。

上空では、今にも落ちてきそうなほど巨大なリボンが、ゆっくりとピンク色の光量を増していく。

街がどよめき、全員が上を見上げた。

チョウチョ結びのリボンは、花の香を思わせる光を柔らかく灯し、V字の切れ込みを入れた尖端が夜風にはためいている。

「すごい。投影じゃないんだ」

「表題は『誰かが何かに、何かが誰かに、渡したい気持ち』。長いわね。作者はティティ・サンダース」

「ティティだって？」

「そうよ。グライダーでリボン結びの不可視ベールを空中に仕込んでたの。ちゃんとした計画を立ててきたから、許可した。ネネさんは渋ってたけどね」

タイトルからすると、人が芸術に、芸術が人に、渡したい気持ちがあるのだ、というコンセプトか。

健が精一杯の美術知識を駆使してそう考えを巡らせたとき。

折しも、高層ホテルの陰から満地球が青々とした姿を覗かせてきた。

ああ、と思わず声が漏れる。

地球にリボン。向こうから見えるならば、〈アフロディーテ〉にリボン。お互いが自らの身を捧げているかのように、健には感じ取れた。

街の角々にあるスピーカーから、たっぷりとしたバリトンのソロが流れ始める。

O Freunde, nicht diese Töne!

（おお、友よ。このような響きではないのだ！）

聞いたことがある、と健が首を傾げると、〈ダイク〉が即座に応答した。

――察知しました。この楽曲なら汎用データベースにも登録があります。ルートヴィヒ・ヴァン・ベートーヴェンの「交響曲第九番、ニ短調作品一二五」、その第四楽章の途中からです。通称「歓喜の歌」。

一番知られているメロディラインはまだ出現していない。プロローグ的な部分だった。

朗々としたバリトンに弦楽器が合わさる。

Sonderrn laßt uns angenehmere
anstimmen und freudenvollere.
（もっと心地よいものを、もっと歓びに満ちあふれるものを共に奏でよう。）

周りにいた人々が、落胆の声を漏らした。歌にではない。上へ向けて。

衝突防止灯と位置灯を小さく輝かせるモーターグライダーが音もなく飛び来たり、リボンをするりと解いたのだった。

あまりにもパフォーマンスとして短い。人々はそう感じたが、次に、なるほど、と感嘆した。

解けたリボンは何らかの飛翔マシンによって四方を引っ張られ、四角く広く夜空を覆った。そこに衛星軌道上からの〈アフロディーテ〉全景が映し出されたのだ。地球とはまた違う土と水の模様。気象台が綿密に計画した雨雲が、ところどころでそれらに影を射している。

バリトンが声を張り上げる。

Freude（歓喜）

分厚い混声合唱が繰り返した。

Freude!（歓喜！）

「〈ミューズ〉のイベント解説、送ろうか？」

尚美が申し出てくれたが、合唱の迫力に全身がびりびり震えてしまって、答えられなかった。判るのではなく、この振動をただ感じていたかった。

Freude, schöner Götterfunken,
Tochter aus Elysium
Wir betreten feuertrunken.
Himmlische, dein Heiligtum!
（歓喜よ。神々の美しい閃光よ。楽園（エーリュシオン）より来たる乙女よ。我らは炎に酔いしれつつ、足を踏み入れる。天なるもの、神々の聖域へと！）

有名な旋律に乗って、上空のスクリーンに〈アフロディーテ〉各地に配置されたカメラからの映像が浮かび上がった。

Deine Zauber binden wieder,
Was die Mode streng geteilt;
Alle Menschen werden Brüder,
Wo dein sanfter Flügel weilt.

（そなたの不思議な力は、時が残酷にも断ち切ったものを再び結びつける。つまり、そなたの柔らかな翼が憩うところでは、あらゆる人がみな兄弟となるのだ。）

ヨーハン・クリストフ・フリードリヒ・フォン・シラーの詩をバリトンが歌い上げ、合唱が同じ節をもう一度広げる。

空には〈アフロディーテ〉の名所の数々。白亜の博物館、コリント柱のコンサートホール、瑞々しい草原。一度は断ち切られた人の思いが再び繋ぎ合わされるのを、それら女神たちの住処は静かに見守ってきた。

Küsse gab sie uns und Reben,
Einen Freund, geprüft im Tod;
Wollust ward dem Wurm gegeben,
und der Cherub steht vor Gott.
（自然は、口づけと、葡萄の木と、死の試練を乗り越えた友を与えてくれた。快楽は虫けらにも授けられ、智天使は神の御前に立つ。）

ここでキプロス島を映さなかったのは、わざとらしすぎるからだろうか。けれど健には見えるようだった。透明な檻の中に閉じこめられた虹色の虫に歓びが照り映えているところが。歌は孤独なキメラの毛並みを梳き、凶暴な獣の魂をなだめる。あそこはいま昼間だ。なにものに対しても分け隔てない太陽の光とともに、歓喜の粒子がしらしらと降り注いでいることだろう。

und der Cherub steht vor Gott.

Steht vor Gott. vor Gott. vor Gott!

（智天使は神の御前に立つ。神の御前に。神の、神の！）

長い音価で三度繰り返される神への讃辞。

そこから始まるオーケストラだけによる変奏曲、天界の規則正しい巡りを勇者の歩みに譬えたテノールのソロは、曲調がマーチふうだ。その後は長めのオケが続く。

クラシック音楽ファンでない人には退屈な箇所だったかもしれない。しかし、〈アフロディーテ〉収蔵の数々の名品がめくるめく速度で天に映し出されるものだから、誰一人あくびをしたりはしなかった。

レンブラント、ゴッホ、ルノワール、ピカソ、シャガール、カンディンスキー、ミロ。ロシア皇帝が持っていたという機械仕掛けのイースターエッグからは鳥の鳴き声が参加し、羽織袴の日本人が名笛を吹く。彫刻、書、宝石、壮大な環境芸術の記録、新種の花々、〈テュレーノス・ビーチ〉の海中水族館。

それら映像を目を細めて眺めている年嵩の一群が、〈ホテル・テーバイ〉の二階テラス席にいた。

薄暗くした照明にうっすらと浮かび上がる彼らは、みな七十歳を優に越えているが、きらきらした目で画面を追っている。〈アフロディーテ〉創建当時に奮闘した学芸員たちが集まっていたのだ。

黒檀(こくたん)のような肌をした老人の後ろに、いつしかネネがひっそりと立っていた。

直接接続のインターフェイス・バージョン2・00C・Rを持つアート・オジャカンガスは、彼女の気配に気付いて振り返り、大きな笑顔を贈った。

テラス直下の人だかりの中から普段着の少女が歩み出て、何気ない顔で沿道の花壇のブロックに上がった。

彼女につられるように、ひとり、またひとり、と、観客の中からあちこちの花壇ブロックに上がる者がでてくる。

天空の宝物に気を取られていた人たちもようやく彼らの不審な行動に気付いたその時。

音楽は高らかに主題へと戻った。

(歓喜よ。神々の美しい閃光よ。楽園より来たる乙女よ。我らは炎に酔いしれつつ、足を踏み入れる。天なるもの、神々の聖域へと!)

ごく普通の観客だと思っていた彼らは、力強くドイツ語で歌う。

フラッシュ・モブだった。前もって打ち合わせをした人々が、突然パフォーマンスを行うイベント芸術。

夜空のモニターは、各地で同時多発するフラッシュ・モブをくまなく中継した。

〈オウル・ホール〉の前では、時代衣装を着込んだドイツ人たちが歌いながら寄り集まり、階段状の入り口で本格的な巻き舌発音を使って歌い始める。

繁華街の辻には学生たちが群れ、自慢の和声を披露した。

ホテル〈アンティキセラ〉の地下駐車場にいるのは従業員服姿のたった四人だったが、周囲からの反響がハーモニーを豪華に彩ってくれていた。

遊園地の回転木馬には、喉に覚えのある老若男女が乗り、老人は子供と、若者たちは異性と、すれ違いざまに笑み交わしながら旋律を絡める。

陽射しの強い〈デメテル〉の砂漠地帯では、太鼓やカリンバを抱えたアフリカンが、堂々たる発音で挑んでいた。

屋台の軽トラックからティンパニが持ち出され、路地裏からバイオリン弾きが歩いてくる。普段は礼服で形式張って見えるオーケストラメンバーも、実はサプライズが大好きだったのだ。

（そなたの不思議な力は、時が残酷にも断ち切ったものを再び結びつける。つまり、そなたの柔らかな翼が憩うところでは、あらゆる人がみな兄弟となるのだ。）

群衆の中には、いきなり隣の人が貫禄のある歌声を響かせて驚く人も多かった。
その鳩が豆鉄砲を食ったような顔と、すぐに巻き起こる笑いを、蛇腹付きの古風なカメラで記録する写真家の姿。
彼はフィルムを交換するのがもどかしくなったのか、首から提げていた最新式のデジタルカメラに持ち替えて、「いいね、いいね」という口の形をしながら、弾ける笑顔をくまなく撮影しまくった。

Seid umschlungen, Millionen!
Diesen Kuß der ganzen Welt!
（抱擁しあおう、諸人(もろびと)よ！　全世界に口づけを！）

それを聞いた人々は、だれかれ構わず抱きしめ、嬉しそうに頬へ軽いキスをしはじめる。

Brüder, über'm Sternenzelt
Muß ein lieber Vater wohnen.
（兄弟たちよ、この星天幕の果てには、必ずや敬愛する父が住みたまう。）

たっぷりと、ゆっくりと、深く深く響く男性合唱。
そして、静かで荘厳な最終パラグラフ。

Ihr stürzt nieder, Millionen?
Ahnest du den Schöpfer, Welt?
Such'ihn über'm Sternenzelt!
Über Sternen muß er wohnen.
（ひれ伏すのか、諸人よ？　創造主を感じるか、世界よ？　天空の果てに創造主を求めるがよい！　星の彼方に、必ずや神は住みたまう。）

人々は再び空へ目を向け、満地球に思いを馳せた。
星々に目をやり、創造というものについて考えを巡らせた。

芸術を創造し、女神たちの存在を創造し、この惑星(ほし)を創造した、人類について慮った。

創造主としての大神(たいしん)が存在するかどうかはたいした問題ではない。

ただ、何かに導かれて、この時、この場所、この人たちと共に立っているのだとすれば、それは美の女神の仕業に違いなかった。芸術を創造し、芸術の解釈を創造し、芸術の継承法を創造する、既知宇宙の叡智の結晶——それこそが確固たる神だった。

聖歌めいたフレーズが夜空に溶け、管弦楽がピアニッシモに落ちたそのタイミングで、〈アフロディーテ〉にあるすべての鐘が鳴り響いた。

零時だった。

「本当はまだまだ変奏が続いて、終盤になだれ込むんだけど」

尚美は、大きな瞳をくるっと動かして、いたずらっぽい顔で健を見上げた。

「〈アポロン〉も〈三美神たち〉も、お祭りは終わりがないほうがいいよね、って。アレンジを」

ごうごうと鳴る鐘の音に重なり、「歓喜の歌」は三たびテーマを謳いあげる。

スクリーンから、周囲から、立ち上がってきたのは、みんなが一番よく知っているメロディ。

（歓喜よ。神々の美しい閃光よ。楽園より来たる乙女よ。）

ヨーロッパ圏のほとんどの人が、幾度も繰り返したそのドイツ語をもう歌うことができた。まだ歌えない人も、端末で歌詞を辿っている。それすら苦手な言語圏に属する人は、ラララと大声を張り上げ、アアアと叫びを加えた。

小さな惑星の大気に、人々の歓びの声が充満する。

タラブジャビーンは、VWA庁舎の前で独り多重唱（ホーミー）を気持ちよさげに響かせていた。調子外れにがなりたてながら大仰に指揮棒を振るピエロが、よもや科学分析室の主任だとは誰も思わなかった。

四分ほどで歌詞が一巡すると、全員がもう一度最初から歌うという選択をした。

今度は自由を謳歌した方法で。

どこからか「晴れたる青空、ただよう雲よ」と、日本語の歌詞が聞こえてきた。ヨーロッパ連合（EC）の曲としてラテン語で歌う一群もいた。どこの国かも判らない、しかしきちんと韻を踏んだ歌声もあった。

砂漠にいたアフリカンたちは、太鼓（ジャンベ）を叩き、トーキング・ドラムで歌い、シェイカーを打ち振り、それでも歓喜のエネルギーが身体の底から湧き出してきてたまらず、リズムを取ってぴょんぴょん跳ねていた。

駅の構内に置かれたフリーピアノに向き合った肩掛け姿の上品な老婆が、チェロ弾きの古い写真に笑みかけながら、歌をクラシカルで重厚なアレンジで弾き始めたので、居合わせた人たちがどよめいた。

〈デメテル〉では、花を手にインド舞踊の巧者が踊っていた。シータ・サダウィの一挙手一投足を、学芸員のロブ・ロンサールが満足げに見守る。

酒場ではトリオがジャジーな編曲を披露し、メキシコ料理屋ではギタロンがかき鳴らされた。石畳ではフラメンコが始まり、橋の上ではカンツォーネ歌手が声を張り上げ、華僑たちが二胡や月琴、古箏を奏でた。

シンタグマ公園では、明日から再演されるミュージカル「もちろんよ、ハニー」の面々が派手に歌い踊っている。盲目の女性が、白い腕を夜気に晒してにこにことそれを鑑賞していた。

それぞれがそれぞれの音を出し、どおおん、と重く響き、きいいん、と鋭く耳を貫く。けれども不思議なことにそれはけして不快ではなかった。

地鳴りめいて〈アフロディーテ〉全土が歌う。

ガラス工芸の繊細な縁、墨滴に濡れる筆先、油彩の盛り上がった絵の具。あらゆる美が響きを返す。

諸人の魂が震える。

女神の見守るこの場所で、物質も生物も、みな兄弟となる。

幸せが充満し、一体感が胸を詰まらせ、音が煽り、言葉が語り、見るものすべて、香りすべて、感じるものすべて、光景ごとすべてが、うるわしい光に変じ、ひとつの星として輝いていた。

星はリズムに合わせて拍動している。女神の心臓のように。

無煙花火が豪勢に打ち上がり、人々の歓喜はさらに高らかに……。

白く無機質な〈アポロン〉庁舎も、今夜ばかりは華やいで見える。花火の照り返しが壁に色を挿し、涼しい風が繁華街からのいまだ続く歌声を切れ切れに運んできていた。

孝弘は、美和子と並んで花火を見上げる。足元にはC2が無表情に座っていた。

美和子が風にそよぐ黒髪を押さえながら、

「綺麗ね」

と呟く。

孝弘は、一瞬の間を置いた後、

「ああ、とても綺麗だ」

と答えた。

「君のように情動記憶がついてないのが惜しい」

「ついてても、記録するときっとまた何かが違う。ほんとうに再現するには空間ログと併用しなきゃ。この惑星全部が、今はただ、綺麗なんだから」

その場のあらゆるものを記憶する空間ログのシステムは、まだまだ大規模だ。

孝弘は、妻がまた大変なことをやり出すのではないかと、嫌な予感がしてたまらない。

しかし彼女は、くるっと身体ごと孝弘のほうへ向き、あっけらかんと言った。

「ね、C2を寝かしつけて、お夜食食べに行きましょう。尚美ちゃんが奢ってくれるって。感謝の印なんだって」

「何をしてあげたんだ？」

「それがねえ、覚えがないのよ。何したんだろ、私」

美和子のことだから、ごく自然に、相手にとって大切なことを言ったのだろう、と孝弘は思う。この調子を彼女が保っていけるなら、きっとC2も〈ガイア〉もすこやかに育つ。

歓喜(フロイデ)、歓喜。

――〈ムネーモシュネー〉、接続開始。

孝弘は頭の中でそっと呼びかける。

——今夜だけは、記憶させるのではなく、君に祈ろう。美しい場所の美しい魂の人を、

どうか永遠に守りたまえと。

健と尚美もまた、張り出しテントの下で花火を見上げていた。

さっきから目の前では、「歓喜の歌」に乗って、ラインダンスだか花いちもんめだか判らないことをやっている人たちがいる。そろそろ耳の底がじいんとしてきた。

名残惜しいが潮時だった。

「そろそろ行こうか。明日に障るよ」

尚美は答えず、動きもしなかった。

健が眉をひそめる。

一拍置いて、うん、と身体に力をこめた尚美は、ようやく唇を動かした。

「あのさ……。ありがとうね」

「は？」

彼女はまだ上を見上げていたので、何のお礼だか見当もつかなかった。

「こんな素敵な日に、あなたは美術界をまた少し綺麗なものにしてくれた。たんこぶまで

こしらえて。大変だったでしょうけど、私には最大の贈り物に思えるわ」

予想外のセリフに、健は自分でもびっくりするくらい戸惑った。

——〈ダイク〉、微表情が読めるか。

藁(わら)にもすがる気持ちで訊くが、相棒は冷たく、

——純粋な感謝だと分析します。

とだけ、返事をしてくる。

いったいどう反応したらいいのだろう。お礼なんてとんでもない、か？　恐れ入ります、か？

あまりにも迷いすぎて、尚美の横顔をじっと見つめてしまっていた。

そしていまさら気が付く。

いつもきつく結(ゆ)っている髪が、ほつれていることに。

ぴったりしめているはずのスーツの前ボタンが、はずされていることに。

化粧が崩れ、目の下には青黒いクマが居座っていることに。

大変だったのは君のほうじゃないか……。

そう思った瞬間、きゅうっと胸を絞られた気がした。

——察知しました。しばらく回線を切りますから、頑張って。

「ええっ。〈ダイク〉？」

尚美の大きな瞳が、なにごとかと見上げてきた。

——理解しすぎだ、〈ダイク〉。おい。

しかしもう彼の気配はなかった。

「いったいどうしたのよ」

尚美が腕組みをする。よろしくない兆候だった。

脳味噌が沸騰して、何も判らなくなった。

はっと気が付いたら、ぎゃあ、と叫ぶ尚美が腕の中にいた。

「なにすんのよ、この変態！」

罵倒でかえって肝が据わり、健は抱擁をゆるめないと決意を固める。

「いや、だからさ。『抱擁しあおう、諸人よ』って、歌が」

「もうそんなとこ歌ってないじゃないの」

「俺の頭の中ではずっとリピートがかかってた。頼むからもうちょっとこのままでいてくれ」

しだいに尚美が抵抗をやめていく。

「……バカ」

額を胸にこすりつけて言われたので、その言葉は少しも罵倒に聞こえなかった。

歓喜（フロイデ）、歓喜、と、神々が歌う。

我らは炎に酔いしれつつ、足を踏み入れる。天なるもの、神々の聖域へと！

尚美の汗に濡れた頭を掻き抱いて吐息をつき、健が陶酔していると——。

ぴーっと甲高い指笛が鳴った。

「いいぞ、おまわりさん！」

若い酔っぱらいたちが、ニヤニヤしながら、ヒュウヒュウと冷やかしの声を上げる。

「しまった。制服だった」

いきなり向こうずねに痛烈なキックを見舞われ、健は力を緩めてしまう。

突き飛ばすように身を離した尚美は、真っ赤な顔で、力一杯、

「バカッ！」

と、健に叫んだ。

今度は正真正銘、完全無欠、とても立派な罵倒だ。

「もう知らない」

ぷんすか怒り、ツカツカとヒールを鳴らして歩み去る尚美を、健は慌てて追い掛ける。

——〈ムネーモシュネー〉。〈ダイク〉もいないからとても聞こえないだろうけれど。

尚美の腕を捕まえると、おそろしい目で睨んできた。

――祈ります、〈ムネーモシュネー〉。どうか、俺と〈ダイク〉をずっと〈アフロディーテ〉のおまわりさんでいさせてください。百周年を迎えるその日にも、美しい生き方をする人たちがいる、この美しい場所を守らせてください。

尚美は、しばらく健の顔を見つめた後、わずかに目を和(なご)ませた。

腕を振りほどいたりはしなかった。

どこかしらかで、女神たちが祝福を垂れる。

歓喜(フロイデ)、と。

解　説

書評家
香月祥宏

　本書は、『永遠の森』『不見の月』に続く《博物館惑星》シリーズの第三巻である。第四十一回日本SF大賞受賞を受けて、ハードカバー版刊行（二〇二〇年八月）から八ヶ月という異例の早さで文庫化された。

ちなみに『永遠の森』は日本推理作家協会賞と星雲賞（二〇〇一年）、『不見の月』の表題作は星雲賞日本短編部門（二〇二〇年）をそれぞれ受賞している。今回は、ジャンルをまたいで評価された傑作を一気に文庫でそろえるチャンスというわけだ。ぜひお見逃しなく。

　お話としては、前巻『不見の月』から直接続く〈ルーキー〉篇の完結篇である。〈美の女神（ディーテ）〉に配属された新人警備員・兵藤健（ひょうどうけん）の奮闘を描く全六篇から成る連作短篇集だ。

もちろん舞台も引き続き、宇宙のあらゆる美を蒐集研究する博物館苑惑星〈アフロディーテ〉。職員の多くが脳を直接データベースに接続し、曖昧なイメージやあやふやな記憶からも検索できる。まさに美の殿堂だ。

この舞台装置の素晴らしさについては改めて説明するまでもないと思うが、ひとつだけ、作者の言葉を引いておこう。アニメ〈TIGER & BUNNY〉（通称タイバニ）のファンでもある作者が、その魅力について述べた一節――


タイバニには楽園感があるんです。シュテルンビルトというディストピアでもユートピアでもない街があって、そこにヒーローがいるけど全能のヒーローではなく、市民もいい人ばかりではない。混沌としたカオスの世界。（中略）ファンとしては、そこの市民になってみんなで遊んでいたい、この空間にいたい。そう思える楽園ができているんだと思います。（〈ミステリマガジン〉二〇一四年三月号「TIGER & BUNNY座談会」より）

シュテルンビルトを博物館惑星、ヒーローを直接接続者、市民を来訪者と読み換えれば、ほとんど本作にも当てはまるのではないだろうか。NEXT（タイバニ世界における超能力者）ほど派手ではないが、本書も楽園を守るために各々の持ち場で戦うヒーローたちの物語、と言えるかもしれない。

また、本作はタイバニ同様、バディものとしてもおもしろい。〈総合管轄部署（アポロン）〉学芸員の尚美・シャハムは、健と部署こそ違うが同期のライバルであり仲間でもある。二人の微妙な関係は、物語の軸のひとつだ。もう一人（？）、健が教育係を任されている情動学習型データベース〈正義の女神（ディケ）〉（健は〈ダイク〉と男性形で呼ぶ）も重要なキャラクター。最初はいかにも先生と生徒という感じだったが、本書ではより相棒らしくなったところを見せてくれる。前巻では少しぎくしゃくしていたルーキーたちのバディ関係がどう変化してゆくかも、大きな読みどころだ。

周りを固める先輩たちの存在も心強い。『永遠の森』の主人公で現在は尚美の上司である田代孝弘、その妻でやはり直接接続者の美和子、〈絵画・工芸部門（アテナ）〉の腕っこき学芸員ネネ・サンダースらが、頼りになるが主張しすぎない、絶妙のポジションでルーキーたちをサポートしてくれている。

それでは、各収録作について個別に見ていこう。各篇の内容や全篇を通した仕掛けにも一部触れるので、本篇未読の方はご注意を。

「一寸の虫にも」
〈動・植物部門〉で詳細な調査を行うため、地上から送られてきた遺伝子操作済のタマムシが脱走。健たちはあの手この手で捕獲を試みるが……。

人間の都合で自然に手を加えることは許されるのか——という問いかけに〝美〟という観点から切り込んだ作品だ。

本作では〈アフロディーテ〉に〈キプロス島〉と呼ばれる場所があることが明らかになる。人工的に作り出された動植物が隔離・管理されている非公開エリアで、ここの処遇は本書全体の大きなテーマにも絡んでくる。

「にせもの」
贋作と真物を並べて展示する企画の準備段階で、あろうことか〈アフロディーテ〉所蔵品の中から贋作の疑いのある壺が見つかってしまう。

美術テーマの王道である本物と贋物をめぐる物語なのだが、途中から壺だけでなく、調査協力者の刑事・木下までもが真贋のあわいの中に溶け始める。〈アフロディーテ〉でさえ見分けられないなら、どちらも美しいということでいいのでは？　とすると、虹彩認証やIDカードで見分けがつかないなら、複数の場所に同時に存在する木下は全員同一人物なのか？　SFならではの方法によって、門外漢である健（と同じく専門知識を持たない読者）も、素朴な認識から一歩踏み込んだ思索を迫られる。

ここで初めて名前が出てくるのが、美術犯罪組織〈アート・スタイラー〉。美術品をめぐる事件の背後で糸を引く存在で、本書全体を通して健らの敵となる。

ちなみに、本件のきっかけとなった贋作展を企画した学芸員はマシュー・キンバリー。『永遠の森』でルーキーとして孝弘やネネを困らせたマシュー坊ちゃまだ。名前だけの登場だが、シリーズ読者にとっては憎らしくも懐かしい。

「笑顔の写真」「笑顔のゆくえ（承前）」

デジタルではなく銀塩写真にこだわる写真家ジョルジュ・ペタンは〈アフロディーテ〉五十周年イベントの記録係に推薦されるが、スランプに陥っており……。

ジョルジュを力づける鍵になるのが、共感と触れあい。さらにそこに絡んでくるのが〈はぐれＡＩ〉の〈Ｃ２〉だ。孤独に引きこもっていたＡＩの心をどうやって開くのか？　ＡＩに触れあいを伴うコミュニケーションをどう教えるのか？　美を通じて人の心を扱ってきた本作が〝ＡＩの心〟へもより深く踏み込んでゆく一作。

「遥かな花」

キプロス島に侵入したプラントハンター・ケネトが捕まった。製薬会社会長のヨーランは、ケネトの持つ情報次第では不法行為の揉み消しに協力すると申し出る。しかしヨーランと因縁があるらしいケネトは激昂し……。

序盤は美術とは関係ない過去の因縁話として進むが、終盤、一枚の絵画を媒介にして二人の溝が埋まってゆくシーンが印象深い。美を通して人の心のありようを描き出す、本シリーズの真骨頂だろう。

「歓喜の歌」

〈アフロディーテ〉五十周年記念フェスティバルの開幕を控える中、健は囮となって〈アート・スタイラー〉との交渉に臨む。そしてすべてに結着がついた真夜中零時、ついに祝祭が幕を開ける。

ＳＦ的な風景のなかで印象的な音楽が鳴り響く、圧巻の大団円。芸術作品だけでなく観る者の運命まですべてが美しいと思える幸せなひとときを、読者も第九（ダイク）とともに味わうことができる。本書だけではなく『永遠の森』や『不見の月』に登場した人々の姿があちこちに見つかるのもうれしい。『永遠の森』の最終話「ラヴ・ソング」に通じるイメージを重ねながら、それを真正面から超えてゆく華やかさと迫力に満ちた、凄みさえ湛えるクライマックスだ。

こうして各篇を見てみると、目の前の事件の謎を解きながらも、先で生きてくる設定や以前登場した組織・人物への言及などが幾重にも仕掛けられていることがわかる。

第一作『永遠の森』は基本的に一話完結で、博物館惑星で起こるさまざまなドラマを鮮やかに切り取っていた。一気にスケールアップする最終話も、時間ではなく空間的な広がりを示唆するものだ。言わば優れたパックツアーのような、楽園の魅力が端的にぎゅっと詰まった、瞬間と空間を楽しむ旅だった。

対して本作は、ルーキーたちの成長を中心に、日々の連なりを丹念に綴ってゆく。警備員を主人公に据えることで、楽園が楽園であり続けることを影で支える苦労も描かれる。そしてクライマックスは〈アフロディーテ〉五十周年記念フェスティバルという時の流れを寿ぐ催しだ。長期滞在型観光、しかもバックヤードツアーに特別イベント付き、というところだろうか。

また、本シリーズには〈余話〉と題されたサイドストーリー群が存在する。二〇二一年四月現在、「お代は見てのお帰り」（『五人姉妹』ハヤカワ文庫ＪＡ所収）、「あこがれ」（〈ＳＦマガジン〉二〇〇四年六月号）、「天つ風」（〈ＳＦマガジン〉二〇〇六年四月号）、「海底図書館」（〈ＳＦマガジン〉二〇二〇年一〇月号）の四篇が発表されており、美和子、タラブジャビーン、ティティ、Ｃ２など、それぞれに本篇と共通するキャラクターも登場。オプショナルツアーとしてこちらも鑑賞すれば、作品世界はさらに広がってゆく。

第一話「天上の調べ聞きうる者」（〈ＳＦマガジン〉一九九三年二月号初出）から「歓喜の歌」（二〇二〇年六月号初出）まで実に二十七年。《博物館惑星》シリーズは、空間的な魅力とともに時間的なふくらみを獲得した。さらに広大かつ奥深くなったこの楽園をまだまだ見て回りたいし、登場人物たち（ＡＩ含む）のその後も気になるところだが、〈ルーキー〉篇はこれでいったん完結。

楽園が提供してくれる贅沢な空間と幸せな時間に繰り返し浸りながら、新たな展示品が並んだ博物館惑星を再訪する日を、楽しみに待ちたい。

本書は、二〇二〇年八月に早川書房より単行本として
刊行された作品を文庫化したものです。

永遠の森　博物館惑星

菅　浩江

〈**日本推理作家協会賞受賞作**〉全世界の芸術品が収められた衛星軌道上の巨大博物館〈アフロディーテ〉。そこでは、データベース・コンピュータに直接接続した学芸員たちが、いわく付きの物品に対処するなかで、芸術にこめた人びとの想いに触れていた。切なさの名手が描く、美をめぐる九つの物語。**解説／三村美衣**

ハヤカワ文庫

裏世界ピクニック
ふたりの怪異探検ファイル

宮澤伊織

仁科鳥子（にしなとりこ）と出逢ったのは〈裏側〉で〝あれ〟を目にして死にかけていたときだった——。その日を境にくたびれた女子大生・紙越空魚（かみこしそらを）の人生は一変する。実話怪談として語られる危険な存在が出現する、この現実と隣合わせで謎だらけの裏世界。研究とお金稼ぎ、そして大切な人を捜すため、鳥子と空魚は非日常へと足を踏み入れる——気鋭のエンタメ作家が贈る、女子ふたり怪異探検サバイバル！

ハヤカワ文庫

裏世界ピクニック2

果ての浜辺のリゾートナイト

宮澤伊織

季節は夏、空魚（そらを）と鳥子（とりこ）は互いの仲を深めながら探検を続けていく。きさらぎ駅に迷い込んだ米軍の救出作戦、沖縄リゾートの裏側にある果ての浜辺、猫の忍者に狙われるカラテ使いの後輩女子——そして裏世界で姿を消した鳥子の大切な人、閏間冴月（うるまさつき）の謎。未知の怪異とこじれた人間模様が交錯する、ＳＦホラー第２弾！

ハヤカワ文庫

最後にして最初のアイドル

草野原々

〝バイバイ、地球――ここでアイドル活動できて楽しかったよ。〟SFコンテスト史上初の特別賞&四十二年ぶりにデビュー作で星雲賞を受賞した実存主義的ワイドスクリーン百合バロックプロレタリアートアイドルハードSFの表題作をはじめ、ソシャゲ中毒者が宇宙創世の真理へ驀進する「エヴォリューションがーるず」、声優スペースオペラ「暗黒声優」の三篇を収録する、驚天動地の作品集！

ハヤカワ文庫

僕が愛したすべての君へ

乙野四方字

人々が少しだけ違う並行世界間で日常的に揺れ動いていることが実証された時代——両親の離婚を経て母親と暮らす高崎暦は、地元の進学校に入学した。勉強一色の雰囲気と元からの不器用さで友人をつくれない暦だが、突然クラスメイトの瀧川和音に声をかけられる。彼女は85番目の世界から移動してきており、そこでの暦と和音は恋人同士だというが……『君を愛したひとりの僕へ』と同時刊行

ハヤカワ文庫

5分間SF

草上仁

あなたはこのお話のオチ、想像できますか？　宇宙に放り出され生死をさまよう男たちが取った究極の選択とは？　恐竜を探しに降り立った惑星で取材陣が出会った衝撃の真実とは？　あっと驚く結末が、じわりと心に余韻を残す、すこしふしぎなお話が盛りだくさん。1話5分で楽しめるSFショートショート作品集。

ハヤカワ文庫

100文字SF

北野勇作

これだけ数が揃うと自分の頭が考えそうなことは大抵入っていて、そう言えばこんなのを書いてたな、とすぐに百文字で取り出せるようになって便利。でも同時に、これさえあればもう自分はいらないのでは、と思ったり。ツイッターで発表された二千篇から二百篇を厳選、１００文字で無限の時空を創造する新しいＳＦ

１００文字ＳＦ、集まれ！　新しい船が来たぞ。えっ、沈んだらどうしようって？　馬鹿。ＳＦが死ぬかよ。それにな、これだって１００文字ＳＦなんだ。**北野勇作**がそう言ってたろ。さあこの紙の船に、乗った乗った！

早川書房

ハヤカワ文庫

著者略歴　1963年京都府生，作家
著書『永遠の森　博物館惑星』『五人姉妹』『そばかすのフィギュア』『カフェ・コッペリア』『誰に見しょとて』『不見の月　博物館惑星Ⅱ』（以上、早川書房刊）他多数

HM=Hayakawa Mystery
SF=Science Fiction
JA=Japanese Author
NV=Novel
NF=Nonfiction
FT=Fantasy

歓喜の歌　博物館惑星Ⅲ

〈JA1483〉

二〇二一年四月　二十日　印刷
二〇二一年四月二十五日　発行
（定価はカバーに表示してあります）

著者　菅浩江

発行者　早川浩
印刷者　西村文孝
発行所　株式会社 早川書房
郵便番号　一〇一 - 〇〇四六
東京都千代田区神田多町二ノ二
電話　〇三 - 三二五二 - 三一一一
振替　〇〇一六〇 - 三 - 四七七九九
https://www.hayakawa-online.co.jp

乱丁・落丁本は小社制作部宛お送り下さい。
送料小社負担にてお取りかえいたします。

印刷・精文堂印刷株式会社　製本・株式会社川島製本所

ISBN978-4-15-031483-5 C0193

本書は活字が大きく読みやすい〈トールサイズ〉です。